李 少 君
雷 平 阳

主编

2023年
冬 之 卷

诗收获

长江出版传媒
长江文艺出版社

卷　首　语

　　二十多年前遍访云南茶山，去到有关机构指认的世界"茶树王"所在的坡地，才发现"茶树王"已经枯死——传说中盘绕在茶树王枝干上的赤蟒不知去向，枝干被人伐断成柴，尽数交给火焰，但又有最粗的几截没被火焰收受，遗弃在亭子中央白色灰烬的旁边。我找了两位附近的村民，将遗下的茶树王枝干捆成两捆，分别扛在肩头，下了从山脚修上来朝圣的八百级石阶，途经赵朴初先生题词"南行万里拜茶王"的巨大石碑，山一程水一程，将它们送交给了当地最负盛名的一家国营茶厂，希望他们能像佛寺对待佛祖舍利子一样对待它们。但之后每次去茶山，拜访那家茶厂，都会发现展览馆里茶树王的遗干又少了一截，或较长的枝干又被锯掉了一些，直到展览馆的玻璃柜里只剩下两尺左右的一截。我想知道它们都去了哪儿，多次找知情人了解，才知道那家国营茶厂在被一家公司收购之前一度风雨飘摇，全靠给一些买主做订制茶为生，这些买主一旦下单，就会向茶厂索要一截茶树王枝干，因此枝干一截一截地被拿走。半个月前的一天中午，我又去了现在鼎盛无比的那家茶厂，站在展览馆的玻璃柜前踟蹰良久，想象树干上的赤蟒又长着翅膀飞了回来，古老、神秘的场景令我心头热烘烘的。

雷平阳

2023 年 10 月 23 日，昆明

诗收获

2023年/冬之卷

目录

域外

推荐

中国诗歌网诗选

分野的诗

小红书

抖音

评论与随笔

季度观察

季度诗人

完整而良好的一天

/ 苏宁

苏宁,女,曾在《十月》《人民文学》《钟山》等杂志发表过小说、诗歌作品。著有随笔集《我住的城市》《消失的村庄》《平民之城》等,代表作有《回家》《三天走一县》《乡村孤儿院》等。现居江苏省淮安市。

枇杷已熟，与眉州苏子

写一行附注，倘使被你看到（一千年前看到恰好，一千年后看到不迟），
请一一读出字音，万物都有声音，自发的，被触动而发的，
我只觉隔世的一声迷人。

相和与回应，皆宜用文字保存。
风吹动了光，谁正随风进入了光中？
　　而这光，未增加，未减少，也未改变移动。

　　这是我，在红尘中为你的存在做确认、打捞，
　　于风经过光时，证"尘"字之前为什么冠之以"红"。

　　一滴水在泛海，
　　想去归拢云下的山河呵，而不是站在这一言不发，
　　看江流上你泛舟。

倾听想象中的事物，被名之为"未来"的，
而回忆一些事物之时，当以几个句子迅速结清。

死亡将一个人埋于泥土后，不经本人许可的翻找都将获惩戒。
我偶然写下的，并非你的未及完成，只是一份隐秘的链接被我触碰。

我后来的人仍将煮茶于日出之时，
　　清扫庭院于日落。
一天下来的杂陈很多，一年的杂陈足够深埋最好的鲜衣怒马，
一滴水到了海里，经过冒着食物热气的生活。

"当知虚空，生汝心内。"
文与字是有锐角、根须之物，念念间即可化为久在之精魄。

鱼在水

鱼在水而我有时不在水，
鸟在天空而我不在天空。

……去掉"天空"中的"天"字，
将"空"归在我从不为之解释的事里。
（你是否遇过你无法解释之事。）

我如何开口，说认识这些字但并不能指认出意义？
我称之为"神"的……我要相信的一些东西。
我相信并非因为无力，
必受困于某段时间之中，某块地域，放下一张床的房屋，
一张工作台。

艰难，羞辱，贫苦，欲望，都是小的。
蚂蚁举起树叶避雨时。

荣耀，欢乐，富庶，也是小的，
一点点的糖撒在早餐的面包圈上，
——站远一点，甜也是小的。

尘埃堆积为对人世无尽的、不加区别的遮盖。
小与大接近的事物，皆将名之为"无"。

让我丰富的，是我维持一些不爱。
而非热爱。内置低配之时，与世界接口无多。

致与迷人

虚而有相的生命令我着迷，

补充的养分依次如下：日光、水、时间。
从超然于冠上回胚芽之体：生根，长叶，分枝，结实，
我似亦如是。

不同的名字，被分类。
被用意义区别，万物在互相对待中，接受匹配。
外见之形下界生死。

找出尘世的成分：金、木、水、火、土，
灵长者以为傲之所向啊："色声香味触法"
"眼、耳、鼻、舌、身、意"。

将"土"之区具象于大地，园圃、花盆，
将"火"之区具象于光与三餐谷物之熟，
将"水"之区具象于河流，池塘、水杯，
无始劫之自然。

门前深夏的小径通向哪座空山？
唯一的月轮复为迷人升起。

星　际

有一天，你若读到星空里的一个名字，
请拆它为两个单独的字。
放它们于字典中原来的位置。

不是"我"的，被我动用过，我将归还。

请勿问简介，请哂笑这穿过俗世的路牒。
有一条街巷，很多人住在那里，
彼此不论年庚、性别，
忽略起源、宗祠，关系中的身份，

在清晨里，人们一起劳作。

若传说中有薄薄一册小书是"我"所写，
　　万千微物中之一物，
　　空旷中众生之一。
请知悉：
这只是植物一样从大地里生出的，
自然的一个呈现，
恰好流经于"我"——我有幸取了这"停留"，
　　我未有私藏，将它捧向原处而已。

与"瞬间"异名而同义者，
一时气息之聚，转身在空里，勿相撷。
亦不足于与谁相忆。

庭中复故人书

"变化不大，能量与介质臻于守恒。
与千山千水之晤，略近完成，
所余者，已在可见、可不见之间。"

"我今日之所在，正是多年前同你谈论的'未来'。
维持温饱而外，似无其他理想。
我不再嘲笑自己，
删去与生活资料无关的部分后，我枯燥而单薄。"

"互相交换会客厅，
情绪、精神仅在邀请单上的名姓中流通。"

"也置酒，也辞酒。
置酒与辞酒之间，在庭院中种树，
——我倾力培护的、与我相契的。

它们一年中的样子神似我认识的某个人的一生，
它们也以一日日之‘变化’，酬我对自然之心重。”

“我仍在喜欢‘鸿蒙’这个词，深藏神迹。
我经过，千亿分之一的会意，尔后仍归其于隐藏。”

4月3日，翻《齐民要术》与《庄子》

一本旧书，我翻到关于种谷的一页，
抱着五岁的我走过花园、田野的人，
教我认识植物，
我写的字中有一些字是他教我认识。

我有的第一本书是字典，
他把一本字典放我手上，
告诉我一生用到的字差不多都在这里。

后来我尝试学习另一种语言，
读他讲过的庄生。

“他是单方向的，解他的人在异代，且在未来。
不是和每一个人都能到达相同的世界。”
“你仅过你自己的生活。”

“他是夜在眼前黑了，黎明在睡醒前到来，
一场雨让花开，又是同样的一场雨里花谢。”

春日宴

惊蛰日，在雨声里听春雷，
只取应时的蔬菜。

隔省的人开始卖春茶，
买一回春茶，添一回年岁。

仍然是爱花啊，
一枝、两枝、三枝，
油菜的花，桃树的花，
用它们比照图画书上讲的色谱。

居于异乡的僻静角落，鲜有客来。
喜鹊、斑鸠、每天都来房顶上停一会的飞鸟，
有些我叫不上名字。
种了几棵树，
并非为花朵、果实、气息，
只为与我同世为生命。

它们是我终身伴侣的异名。

清明祭一个小女孩

这是你第几次从泥土里醒来？
——我也醒来了，你看亲人们都在。
　　我们仍被同一时间段的太阳照耀着，
　　继续睡吧，轻拍着泥土的时候是轻轻地拍着你。

梨花才开，柳絮满城地飞，仍是你之前看到的那样儿。
我仍种着多年前的植物，不爱甜食和淡茶。
　　几年前更换了一只火炉煮水，
　　旧的那只也还在。
　　担心你回来无法认出，我尽量不发生改变。

　　昨夜有一些人家在路口烧纸钱，火光闪闪。

火是密语的一种方式，黄纸经过火是疼痛再次经过心。

我站在那儿。看火熄。

> 如同我相信心跳仍能被你听到，
> 我想给你的，能被你陆续收到。
> 我对你用汉字拼语句：
> > 我经历的你不需经历。
> 年年与你单独共有此刻时，
> 我只想告诉你我过得很好。

去山冈——
高高的山冈上只有一颗月亮时。
一个人站在那里，
> 被月光完整地、额外地照耀，
> 它不需我说出又看到它我是多么感激。
> 曾因浅薄的孤独而忧郁的时刻令我羞愧。

天气在转暖，夜风微微地吹。
这是哪里，远方是哪里。
> 星星陪伴着大地，
> 大地生出树木，一点点地生长，朝向星星。
我有一条举步维艰之路，
想到走着走着就会走到你那它就平了。

空　关

祖母说房屋也有生命：
> "没有人住里面时，它会孤单。
> 你看有些很老的房子，经久不被照看，
它感得到后人对它的冷落，
它向你发生它的声响。"

"你细听——它的灵魂在夜里游荡，
你入睡时它醒着。
请你感受它的不安。"

"它风一样撞击门窗上的锈迹，锈迹在剥落。
柏木顶梁在变衰弱，当时举架之人正在盛年。
蛛网重结于檐下。
使我恐惧的不是风不拍它它也有声动，
时间的损毁，
不是寂静，是我失了怜惜之心。"

"生命需要另外的生命呼应，
那些凹槽，光华、平顺和圆满，
来自互相辉映。
需要另一个生命对它进行爱护、修葺、诠释、补充，
互证完整。"

"只有活着的事物才能在光芒下显出形迹踪影。
在宇宙中寻求续航的能量。"

我有一间因祖母去世而空关的老屋，
——很多年没回去住过了。
我忽略了一间房子也是有灵魂的，也是生命。

邻 居

今年的春天和两年前一样，
但郊游的人丛里失了一个人，他已高眠在异乡。

今年的郊游，我亦未去，未有独看。
——葡萄在四月里开始爬蔓，

我为它剪枝，其实是借此掩下心里各种与生老有关的念。

死亡让一些卑微的人生动，
"似有这样一个人，我亦似曾见过，公共场合，
在手机里记下名姓，
记下是礼貌，记下号码，但不联络，也是礼貌。"

好像只有死亡才能辅证一些人也活过。
（不是他的电话号码被很多人存下）
具体到一蔬一粟、一朝一晚、一行儿女。

一天的灰尘落满衣衫，
他保持着每天的清洁平整——回家就浣洗，出门就穿上。
被家人偶然想起的细节之一。

他也和你我那样从这条街走过，
每临春节回乡祭祀，
回不去时择一十字路口烧一束黄纸。
春天带孩子去郊游，顺带教孩子认识植物。
每天上班，先骑单车再转乘一段公交。

被一件很小的事磕碰，一枚浆果被撞落，落即流散。
落得那么低，
　　悲伤的分别只发生在亲密的人之间。

年终盘点

年终盘点，半生所有，衣上灰尘，一个房子。
最爱是清晨，灰色的、蓝色的静，
　　偶尔有微风流动，温度适宜，
　　它意味着黄昏要到来。

儿女不是我的，神寄养在我处让我看顾，
以此考察我对待死亡的耐心与恐惧，
让我敬畏使我活不下去的所有，
让我去爱水、火、食物、泥土、布匹，
让我此生行有牵绊，但缚我翅膀的也并不仅此一事。

被一个婴儿矫正与提升，
因一个婴儿的重量使我对下降、沉落不生抗拒。

也曾读了几行书，以了解他人如何活着。
——为什么天堂的模样是图书馆？
——有些死去的人，他在薄薄的册页里。
更多的人，只是寂静地归于大地。
大地借着一个雌性的子宫呈现他们为：一个人的形态，
一朵花的形态。
　　万物形容各异。

又及，我住的房子，亦不非我莫属，它也是大地的。
大地借由他人之手与我，
换我终日为之劳作。

简芸帙

"请不要惊动任何一个人，如我离开，
也不去告诉谁，只是像我睡了，
还会醒来的一次睡去。
只是这次，可能睡得久一点而已。"

"似你还会在街上将我遇到，
死亡并没有发生。
你回来时，若晚餐已好，请相信我虽未参与忙碌，
但有我的心意。"

"寂寂地、安然地把我归还给大地。"

"大地是我的，也是你的。
——不要碑文，不要在任何实物上写下名字，
　　忘了一件过去的事那样忘了。"

"大地之可贵在于会将'遗忘'的内容送给新来者，
如果你犹能在人间看到一些人在重复我的日常。"

"有一天你走在街上，
想到我在时也是这样的天气。
嗨，你会想起我对你说过的话：
悲伤并非不可承担。"

完整而良好的一天

完整而良好的一天，内"容"有四：
需要珍惜的部分，
需要谅解的部分，
需要用力跳过去的部分，
需要嚼碎吞下消化的部分。
在清晨沐浴并认真地早餐。

然后开始忙碌，昨天列在笔记本上的，
一件复杂工作需了结的中段，
下班去菜场买蔬菜和水果，
记得煮粥，给一个朋友回电话，
擦灶台的灰尘，
洗床单和当日穿过的衣服，
临睡前写好下一天的计划和备忘。

这是每一天。

一生中每一天发生的变动都是小的，
小于孩童的变化，小于期望，
但被上一代人称之为"稳定"。

"我"的空间里几无杂陈，
避免了我对生活有妄念。

二十四分之一

黑夜涌来，但被一张青绿色的窗纱挡住。

我小小的榆木书桌，旧籍不足百册，
册册经过我挑选。
我唯一对此思思量量而不觉耗费时间。

坐在它们旁边的时候，
是我缓慢地在人世生着根须的时候。

每周整理次序，
我爱的是某一个人曾经活着，
死了以一本书的样子来与我相见。
迷恋那一种字句的组合，
我被它单纯地陪伴。
被可依赖的、稳定的事物陪伴着，
平衡掉内心的疲惫。

这一刻，我伸手即可触到光芒。

很好的一生

房间很小，偶尔外出旅行，
七天中有五天早起并焦虑衣食，
养育着一个幼儿，他在我身边及学校中长大。

此生并无其他要事。
既如婚姻，也不复杂。

"你将有很好的一生，天空经常蔚蓝，
正午的热，下雪时的冷，
黄昏的静。"

时间被很多替代并节省人工的创造延长。

"惮于被人所知，被嘲笑的部分是你我间共同的空白。
被单方向定义。"

即使过得不快乐，也弯下身说：很感激。

子若不返

"那年八岁，放学回家的途中被一辆卡车撞倒，
她再没有回家。"
同事家人向我述说四十年前的一件旧事：
"姑姑依旧活着，小女孩是小我一岁的表妹
当时和我一起住在祖母家。"

"我想象她中年的样子，
生育儿女，穿油污的衣衫走过菜场，
或者她远去他乡，我多了一个人可以探望，但要坐很久的车。"

"死亡是什么？去那的人从不传消息回来。"

"它是一种隔绝。"

置一件屏风隔开的事物都是小的、碎的，
死亡隔开的事物，细细一想，也是小的、碎的。
彼此无碍地互通着消息的人，通的消息也都不是大事。

她去了，就去了。他转述姑姑的话。
"有二三十年，姑姑仍住原来的街巷，
每天黄昏去走走小女儿放学的路。"

"她不回来，我可以去她那。"
"子若不返，应许我往之。"

在死亡那儿存了一个亲人的人。
走在与亲人会合的路上的人。

他　人

今天，你吃的是谁种的粮食，
每一个米粒、一颗果实上都没有名字，
——被隐去的是谁的名字？

从市上，用钱帛买来，
似未有不劳而获。

有生命的事物，
有灵魂的事物，
粮食是其一。

有一个具体的人在辛苦地春耕秋收，
一棵一棵远远排列在田里。
这一生，你肩未担过重物，
足未有插进过泥土，
你没有亲手收过一垄麦子。

活着的人，艰难地行走于各种坡道，
他人的荣耀是他人的，
有些"他人"终生苦累，
他人能受的，我必可承受。

寄一束波斯菊与你

开满了波斯菊的河岸啊，
我从你生了哪种植物了解你所在的大地。

我怕惊动你的匮乏处，
我怕赞美你的光芒时，
你怜惜我肤浅卑弱而多疑。

我素不是万物的灵长之一。
我生下即被各种分类所遗漏，
空有一个人间的形状，
多年未有同气与家园将我收留。

采一束夏至日的波斯菊寄你。

为何是它而不是另外的事物？
它是我想到你时——眼前唯一之所见，并可触手拥有，我选择了想拥有一个
事物时之触手可及。

（人们将此名为"易"，

有时又说成是缘之起。）

有生死者皆秉异质，请放弃常识中人与人之间的联系。
君或与我同类。

岷江十日

有一年我溯岷江而上，
一条萍水相逢之河。

小于所知，
大于虚设。

流过很多座山、洼地，有些泥土上四季有雪。
南华山、青城山，停留一天像一生就此被其收下。
然后，再给我一生。

到达源头时正逢日落，大雪纷飞中返回，
走来时的路，不是从另一岸。

一步步退，仍在来时的客栈停驻，
去江边有路时，就去捧江中的水，
将脸俯向过它。

跟着它走，在它与长江的连接处，
静默。复回十天前的生活。

家族谱系

母亲是大地的另一个名字。
它比母亲多做了一件事，
——我知道但不曾说出的四个字：

收留死亡。

粮食、果蔬、草木、河流、山岳，皆与我一奶同胞，
某次写及家族谱系时，我庄重地把它们写上。

大地与母亲互相模仿，
——比如风吹雨打也不发出声音，
——比如一日一日沉默劳作，生养，
载负，托举，
盛我一生的辗转、枯萎、蓬勃。

她知道天空在上，但决不轻浮地谈论。
她可以一个人在很小的空间里把生活处理得很好。

——都是她的。
——都不是她的。
她有的，你尽可去汲取，
她无的，你描述得出的，她必会为你创造。

她是谦卑的，以一粒尘土与一脉气息的呈相聚而为形，
她是辽阔的。
一步一步，你都走在她泥土的坚实之上。
可以就停在这里，
可以走任意远。
可以再不回来，它鼓励你不需要回头。
你走多远它就将自己等倍伸展多远，
它因为你而使自己成为你理解的凡身疑似神的模样。

是的，我认识的死亡，
——就是久一点、深一点地，
被大地裹在怀中。

厨房与婴儿

提醒我时间正流逝的是我种的一棵树。
是忽然收到一条信息，
一个意气风发的青年写：
婚姻，是现在的书房被厨房侵占，
是半夜出来喝酒时，想着第二天需要早起。

他在去年有了一个女儿，
被一个婴儿笼络、收束的早起早睡，
稳定的日食三餐。

他将在一个婴儿一天、一年、十年的变化中，
感染父亲遗留下来的衰老，
并信任佛有三身不可得但可见，现在、过去、未来。

"我将返回被忽略过的小事情：
无论做什么，我都会被衰老感染，我只能专注一事
这件事正在到来，或已经发生。"

"将我与宇宙、自然未完成的沟通，
交由一个婴儿。"

橡皮擦

与一个长我六十年的人同眠。

有一天，她一早喊我起来去看雪。
正在下雪，预计腊梅就会开花了。
——她揪着我蹑手蹑脚走到树下，
她让我不要发出声音。

“难道轻盈的我比雪更让它感受惊动？”
“你是它的异类，而它和雪，是同类。”

“它不是一转瞬就开，你要耐心等。”
她知我迷恋一切不可解释的事情，
会把事与情常置一起。

“你会在我离开的地方理解死亡。”
另一次，她带我去看梅花的落。

等了很久，天黑了，以为它不会谢了，会再开下去。
我说着话，看了一眼天空，低头时，花已落下，
——它没有让我看到它如何落下。

“我仅在你离开的地方理解生。”

“尝到不喜欢的滋味有两种方法，
咽下去，吐掉。”

发现有另一种方法时，有一件可依赖之物时，她已不在了。
一切如她祝愿：我不在时，神代替我在。

蜗牛和阴影

它爬行着，叶子投射下的日光，
——一小块虚设之形将它笼罩并随它移动。
它困在其中，
——小小的蜗牛，我想伸手将它移到光里。

雨来了，一片才掉落的树叶，
恰将它遮护。它为此感激，头轻轻地靠上去，像拥抱到母亲。

一些人看我，
也是一只小小的、在日光的亮度与阴影中爬行的蜗牛吧。

它轻轻地收起了触角——可是我的注视将它惊动？

——我想伸手去抚摸它的壳，
是我在你身边，你不要惊恐。

阅读的奇遇

——苏宁诗歌读札

/ 王又一

"余与四人拥火以入，入之愈深，其进愈难，而其见愈奇。"

王安石在《游褒禅山记》中记叙他探洞见闻的句子，常常被人用来类比治学与处事：愈深入，则前进愈艰难，可至于此者愈少，但所见所得却愈奇愈深愈不可与人分享。而在我看来，这蜿蜒曲折、层层递进的过程，实际上与阅读有着不谋而合之处——面对文本，读者孤身一人进入作者所构建的文字世界，或者如鱼得水般融洽，或者因为理念与经历的差异而与作者短兵相接，或者如坠迷雾，不知其所得。越优质的文本，一次性的阅读往往越不能捕捉其全貌，需要读者多次突围才能完成这纸上的冒险。阅读的快感大概就在于此。在我近期的阅读中，苏宁的诗歌是让我感到十分惊喜的，这惊喜不仅来源于诗歌中凝实的精神质地和纯熟的诗歌技艺，更在于随着阅读的深入，每当我自认为对于苏宁其人其诗已经有了一个相对清晰的判定之后，就会在诗中发现一些新的质素，与我此前的判定相去甚远。苏宁的诗歌，在恬淡之下隐伏着锐利的疼痛，温良与冷峻、微小与宏大、生与死，形成诗歌的多个侧面，它们相互矛盾又浑融一体，在纯净之中透出一种复杂的折光，令读者时时有惊喜，时时有期待。

关于苏宁诗歌的最初印象，是她对日常生活极富耐心的凝视，她致力于对琐屑生活的精准透视和诗意复现，为无意义、重复的时间赋予意义，处理的都是日常的素材，但能写出新鲜敏锐的诗意。苏宁的诗歌，有许多漂亮的句子，她的语言简素，有着恰到好处的古典韵味：

问祖母，你喜欢哪一个月份。

六月、七月有清凉的夜，
我记起有人在庭院仰望星河，
去年被照耀时觉得它并不明亮。

石榴花才落，不舍它落，又祝愿它结果，
有点感伤地站在了树下。

捉了一只萤火虫，旋又放飞，
"它不属于你，只是从你身边飞过，
天空、地面是它的，
是它允你此生来此为客。"

　　"我与它往来时，它以光馈我，
非虚名耀夜"
　　　——《耀夜》

　　《耀夜》是一首追忆过世祖母的诗，诗人选取了一个极为日常的场景：与祖母闲聊喜欢哪一个月份。六月、七月有清凉的夜，四月、五月种植庄稼，八月、九月成熟收获，十一月、十二月休养生息，到了二月、三月草木生发，每个月都是美好的，而时间奔流向前，亲爱的人即将生死两隔。"不舍它落，又祝愿它结果"的石榴花、"允你此生来此为客"的萤火虫，都揭示了生命的短暂和无常。因为与那只萤火虫有了往来，产生了感情的连接，所以曾经连星河都觉得并不明亮的诗人，此刻却觉得一只萤火虫回馈的光足以让此夜成为"耀夜"。对一只萤火虫的感情尚且如此，何况是至亲的祖母呢？以日常的意象写出最真挚的感情，使生命牢牢地落实于生活本体，是苏宁诗歌的长处。应时的米粮果蔬、吹过石榴树的风、黄昏时的寂静、每晚的温水沐浴，在苏宁笔下，似乎没有不能写、写得不美的日常事物。"春日之晖透过了河边的树林，／贴着草地浮过来了。／从天的空里洒落下来。"（《春日之晖》）这清透怡人、贴着草地生长的春日之晖，直接接续到"草色遥看近却无"的古典意境里去了。苏宁还喜欢以时间作为诗歌的题目，日常的时间也通过诗人的书写获得了全新的意义。

　　书写日常生活的诗歌，容易走入两个误区，一是刻板地复写庸俗日常，毫无提炼和升华；二是因为生活本身的无意义，陷进虚无的精神泥沼。但对于苏宁而言，日常生活不仅是她书写的对象，也为她供给了源源不断的精神能量；她拂开生活表面的尘嚣，重新审视着生活内部未获重视的部分。"那时我年幼，祖母为我说神具体的模样。/ 在小的、我看得见的事物里面。"（《日课》）在苏宁看来，我们每一天都在和很多事物互相经过，人与万物分享着共同的命运，"它们是我终身伴侣的异名"，尤其在小的、随处可见的事物中，隐藏着生命真正的意义。"白天的尘埃与疲惫"，只有通过自然和自处才能获得抚慰。万物有灵，在与自然万物的同频共振中，诗人才能超脱自我肉身，将自我投射入万物，从而使自我隐入天地，似乎不曾有重量，却无处不在，自由自在。因此诗人才能说："即使过得不快乐，也弯下身说：很感激。"（《很好的一生》）苏宁的诗歌坚韧而不沉痛，有着柔和的诗意，也有淡雅的忧愁，她诗中虽然有生的疲惫，但其底色依然是生的希望。

值得注意的是，无论是一粒麦子还是飞过头顶的鸟、庭院里的书或者一只蜗牛，这些令诗人感到自足的事物，诗人一直是弯下身去，与之平视而发言的，而不是采用高高在上的万物之灵长的姿态。她会担心"眨眼的行为会惊动植物们在春雨中的生长"（《秋日之题》），因为它们也不愿被"偷窥"。她这样写她和蜗牛的关系："一些人看我，/ 也是一只小小的、在日光的亮度与阴影中爬行的蜗牛吧。"（《蜗牛和阴影》）来自第三人的、压迫性的目光的存在，使诗人和蜗牛的命运合二为一，诗人观察的视角内化了。如此与万物平视，诗人才能在其中发现"神具体的模样"。

如前所说，苏宁的诗歌中总能出现新的特质，持续更新我业已形成的观念。实际上，苏宁并不只是一个带着诗意和哀愁的田园牧歌者，她还有另外一副笔墨，能够极其锐利地写出隐藏在生活事象中的疼痛，例如：

> 如此具体的、细微的一天累加，
> 泥沙俱受中长出硌疼人世的颗粒。
> ——《下午贴》

> 我不是蓬勃的，我不能够答应谁每天蓬勃。
> 我也不是枯了就不会再绿的，没有保持而已
> ——《一棵石榴树》

> 站一会，不要出声，
> 一个白天的喧哗让我窒息。
> 一个白天里我蜕下一层皮。

......

我身上捆负的，不可卸载超过十二小时。

——《分界》

在狭窄的人生中，个体在迷失中越陷越深，苏宁冷峻书写着现代生活中普遍的疼痛。人甚至不再像动物，而是仿佛一株植物生长在贫瘠的土地上，艰难地长出根须，接受阳光雨露，获得能量，零落又更新，终于因为"日复日的辛劳"，被"从大地上连根拔除"（《封缄》）时，有痛彻心扉、骨肉分离之感。诗中低沉的内心独白，因为有了丰富的细节和感性，充溢着浓郁的生命气息，而毫不显得空洞。如在《升起于早晨五点》一诗中，在处理"母亲"这样被反复诠释的主题时，苏宁也另辟蹊径，以时间来写母亲：有了孩子以后，母亲会在每天五点二十与城市一起苏醒。这一细节瞬间让"母亲"有了现代性和独特性，因为只有在现代工作时间约束下的母亲，要兼顾做早餐、送孩子上学和工作等诸多事情的母亲，才会与五点二十每日重逢，"深埋一己于日常"。苏宁对于细小事物一以贯之的关注，让她的诗歌有了密实的质地。

在关注生活与生命的同时，苏宁还写下了大量以"死亡"为主题的诗歌，如《清明祭一个小女孩》《深冬》《活着》《日暮时分》《邻居》《子若不返》《空关》等，如此高频率地展现"死亡"，在整个当代诗歌写作现场里都是罕见的。这些诗歌，构成了苏宁写作中的"死亡教育"序列，这与她的日常生活诗学并不冲突，相反，只有直面死亡、理解死亡、妥善处理死亡带来的恐惧与创伤，才能让生命得到更加完整的诠释，敬畏生命，向死而生，不至于虚度当下的人生。苏宁多次设想，死去的人和我们同在一片阳光下，会是怎样的情景。在她看来，每个人都会面临两次死亡，第一次是生理意义上的死亡，第二次则是被所有人遗忘的社会意义上的死亡。只要还有人在怀念故人，那么他们就不算真正地死亡了。"死亡是一只过滤器，/ 一部分湮灭了，/ 一部分转移到她想与之合一的人那里。/ 决绝的相赠，让另一个人的身体里多一条命，/ 促其轻盈，而非致其沉重。"（《致一个仍在思念母亲的朋友》）人们带着关于故去亲友的记忆生活，就仿佛他们不曾离去——只是短暂地不在身边而已；而故人的离去带来的也不是恐慌和无尽的伤痛，他们以自己的生命滋养着在世的人，让他们更加懂得生命和情感的意义，令他们的生命轻盈，而不是沉重。即使死亡真的来临，也并不意味着完全的终结，因为"死亡，/——就是久一点、深一点地 / 被大地裹在怀中"（《家族谱系》）。无论是活着，还是死亡，都在回归大地的路上。在面对死亡时，苏宁并不回避悲伤，但也决不沉湎于悲伤，她悲悯、释怀的态度蕴含着坚韧的力量，呈现出对于生命的极大尊重。

一方面在生命中探索意义，一方面冷峻地展现生活的疼痛；一方面双脚扎根于具体的生活之上，一方面又对"死亡"葆有非同寻常的言说欲望，苏宁的诗歌中存在着大量的相反相成的元素，在小的、轻的、弱的事物里隐含着大的、重的、辉煌的东西，通过"具体的人"的存在，宏大之物瞬间与微小之物相连，指证着广大的精神世界。苏宁的诗句中有许多的停顿、跳跃，以及对话的插入，来打断叙事的顺畅节奏，相比于面面俱到地叙写物像的全貌，她更喜欢沿着某一个具体的场景进行深度的开掘，将被忽视之物放大，探索诗意的限度。苏宁诗歌中的多个侧面并不是相互割裂的，而是互为见证、互为成全。读者随着诗人的引领，持续转换视角，即是阅读苏宁诗歌的最大乐趣。

某时某刻

/ 熊焱

　　熊焱，1980年生，贵州瓮安人。曾获华文青年诗人奖、陈子昂诗歌奖、艾青诗歌奖、四川文学奖等各种奖项。著有诗集《我的心是下坠的尘埃》等4部、长篇小说2部。

现　世

每一次过江，他都要按住胸口
以稳住心中的漩涡与激流
每一次大雨倾盆，他都要按住胸口
以稳住心中的雷霆与狂风
每一次参观动物园，他都要按住胸口
以稳住心中的毒物和猛兽
只有路过屠宰场时，他会把刀子从心中取出
与双手一起放入一盆清水中

在苏州听评弹

那是扬子江的拐弯处，月光落在水面
波光粼粼里，银子正化成流水

那是蒲公英在江面飞行，毛茸茸的
带着水汽。江水缓一阵，又急一阵
琵琶的弦上，滴着露水

我靠住了风。一艘小舟载着我驶向大海
我扶了一下天空微微摇晃的趔趄

哭丧的人

她先是干号，像是嗓子中那块烧红的铁
正等待着，去清水中淬火
渐渐的，她的声音开始低沉、湿润
像是有一个人，慢慢地朝她的声带中加水
她的腔调起伏、迂回，是重章叠韵的漫长
是一哭三叹的唏嘘。也是风带着雨

是霜夹着雪。有时，命运的经历短于一句问候
人世的悲欢小于一滴泪水
我确信她最初只是入戏，后来就是在真实地
痛哭自己

八月登焉支山

密林收走苍茫的去路
满山挺拔的云杉抱紧了苦寒

林深处，我感受着寸寸抬升的凉意
有风来，如融化的雪带来回音

万籁都是音符消失于琴弦
沉默中，仿佛只有我一个人走向穹顶

仿佛一个梦，有着晴空深邃的蔚蓝

当下山的台阶扶着我发颤的脚弯
我这才明白，云杉在此修行
我还不配分享它们的寂静

肖　像

小时候，我用泥捏出人脸
用雪堆出人形。那些可感可触的质地
出自透明的童趣

读初中时，随美术老师学画
我用笔在纸上描俊美的男人
绘明丽的女人。我隐隐感到那些抽象的线条
是某种东西在飞行

后来我迷上写作，无数次写下形态各异的脸
我渴望着他们从力透纸背的后面站起
哦，临摹肖像看似容易，而灵魂的抵达
始终遥不可及

有一天我突然发现，我写过我的白发、皱纹
充血的眼、决堤的泪，却没有完整地
写过我的脸。多年来我提着灯笼逡巡于人间
那么多形形色色的面容，仿佛是另外的我
为整个尘世分担着悲喜

诗人的署名

我渴望我的署名不是在标题下——

而在诗行中，是疑问句中最后的助词
是倒装句里制造阅读障碍的谓语

是开头无意留下的悬念
也是结尾怎么也解不开的谜底

是字里行间空出的留白
是一个词，从意义中起身
像刀，从磨石上抽出光芒

是充满多种歧义的一个隐喻
是修辞背后不露痕迹的匠心

是一个异于常规的通假字
冒犯了我所有伟大的幻想

在高铁上重读吉尔伯特

有一段时间他住在山谷里。他的孤单
是一片旷野的寂静
他深爱的女人离开了这个世界，痛苦、恍惚
成为人生中某个时段的注解
他分开人群，从大地的深处找到自己
他分开昼夜，从字里行间找到闪烁的星星
他的痛哭、低吟，最后又化成一阵清风细雨
现在，火车正带着我穿过山谷
在摊开的诗集上，那些留出的空白
仿佛生命与爱相互倾诉后的沉默
窗外群山正在俯身，天空正在下沉
火车没有终点，直到带着我找到那个久违的故人

致母亲

昨夜我喝多了，想你，流泪
夜那么长，黑暗卸下了我的尊严
今晨醒来，左眼严重充血
干涩、微疼，仿佛是平原上的落日
收纳着天边暮色渐至的寂静
更仿佛是一轮孤悬于宇宙的星体
它的光速在真空中，匀速运行
母亲，在时间的直线中
两颗心是最短的距离
生命中有一种爱，带着痛
也带着血迹

一条公路穿过山丹马场

众草一直在跟随

只是今年河西干旱，浅浅的草带着渴意
刚刚没过蹄印

晨起的牧民提着奶桶走向溪边
要把昨晚盛在桶里的月光，倾倒成雨滴

吃草的牛羊缓慢而沉稳，如同一群苦行僧
驮着游人的马匹同样步伐平稳，大地在脚下
仅仅是一种云淡风轻

一只旱獭抬着头坐在土堆上
迎着光，宛若沉思的哲人

只有我在匆促奔波，还不能像这里的生灵一样
保持生存的定力，磨砺命运的坚韧

我已四旬有余，自诩历经风雨
但面对祁连山光秃秃的坡岭，我必须
为自己的浅薄而羞愧
它们才是那群饱经沧桑的老灵魂

寻　求

向书籍寻求知识，向命运寻求真理
向文字寻求良心上的一粒盐

向闹市寻求寂静，向针孔寻求天地的背影

向蚌壳敞开的珍珠里，寻求灵魂中的泪和血

——也许毕生的努力只是竹篮打水
但世界并不圆满，我对生命的徒劳始终保持敬畏

当他蹒跚学步时

当他蹒跚学步时，摇摇晃晃的样子
像风贴地而行，沾着月光的银粉

有时他会尖叫，那是闪电送来雨滴
类似于飞翔的鸟鸣，有着绒毛的触觉

有时他会跌倒，那是大地的摇篮失衡
属于他的时间，有着打滑的倾斜

有时他会停下来，观摩路边的花草和虫蚁
人生有一种好奇的天真，正是时间的秘密

——这多么像我最初学习写诗的样子
那么认真地、认真地学着认识这个世界
但他比我更像一位诗人，我在成年后所有的努力
就是渴望着从我的文字中重新回到孩提

中年的病情

微信群仿佛一间病房，他们哀伤而热烈
谈论着病情：腰椎已有数日无法直立
那是命运在负重中向着现实低头
胰腺炎有飓风来袭之痛
糖尿病有滴水穿石之忧
高血压如同埋雷，痛风如同刮骨

肠胃间泥沙翻卷，肺叶里结节暗伏……
哦，人生常常是在身体的磨损中
抵达孤绝的峰顶。这是疲倦的
险象环生的中年。这是生活的大海上
小舟不断漏水的中年。有时，生存如同写诗
让他们在疼痛中学习生命的技艺
又在疼痛中学着理解孤独的真理
——生死常在转瞬之间
活着的每一刻都仿佛是弥留之际

方寸之地

有时地铁领着我，像黑暗中的蚯蚓
向着地心的深处一寸寸地掘进
有时我开着车堵在车流的缝隙里
进退维谷的样子，正如我四十岁的困境
有时我徒步十公里，在暮色中回到高层的蜗居
如倦鸟回到枝头的巢穴，双翅卸下月光的悲悯
有时我坐飞机越过蓝天白云，乘高铁翻过崇山峻岭
在疲于奔命的生活中，双鬓提前感知早霜的寒意
腰身提前承受命运的重力
人世有宽容，时间却从无怜悯之心
而我始终是绕着人生的周长转圈
头顶有时烈日当空，有时银月高悬
世界如此广大，于生命也仅是方寸之地

从医院出来

从医院出来，我们往家走
细雨在下，几声鸟鸣
如盐粒融化于水。命运的风暴从未平息
人世一直充满悲音。我牵起妻子的手

用了一把力。她在人群中假装很平静
除了我，没人知道她刚刚失去了父亲

在那色

我是从雾中来的，是这里的风
把云雾裁剪成白发，别在我的鬓边

我也是从悬崖边来的，群峰间的峡谷
那么深，像极了我的孤独

抵达山巅时，雾散了
群山正在起身，万千峰峦绵延不绝
那是大地在棋盘上排列着时间

它们挨挨挤挤，像是在一起用力
向上抬升穹顶。而沟壑间深渊纵横
如同人世的谜面

我来得有些晚了，未能在这群峰中
提前占据一个位置。但我也是一座山体
矗立在自己的海拔里
天空开阔无垠，正迎接着我们的奔腾

书　房

书架上的邻居是一群在星空奔跑的人
用文字制造闪电和雷鸣
更多的时候，他们捧出月光与星辉

我常在寂静中看见他们，用高耸拉长雪山的曲线
用浩渺拉远银河的距离

我的呼吸在字里行间，仿佛雪在消融
仿佛花收拢自身的香气

有时我独坐、冥想，与灯盏、书籍
一斗欲破窗飞翔的空间
建构着对称的关系。如同一颗孤星
在夜空中保持着自己的位置
如同我穿过时间的喧嚣和尘世的拥挤
任命运一遍遍地打磨我的耐心

我已辗转半生，人间的生死不过是平常事
一张书桌不过是孤舟渡我的余生
我牵挂的并不多，唯有纸和笔无法放下
它们不是身外之物，而是灵魂的天平
为人类称量着良心

长夜将尽

我一日日消耗的生命，在烛焰中
一寸寸地倾斜。我空着双手
熬过额头的秋凉、鬓边的霜降
数十春秋若一梦，余生只待向天明
岁月庸碌，生活宛若无底的枯井
早已溅不起水花的回音。我在一张白纸上
坚守黑暗中的勇气和耐心，并在黎明前
向大地许下承诺：长夜将尽
诗人的孤独，便是寻找人类的良心
许多次，我端着月光的细雪眺望天际
浩渺的银河群星闪耀，世界敞开着
万物都在光亮中，而我愧疚于
我的灵魂还在长长的阴影里

年纪渐长

我的平静来自人到中年，我已意识到
我将庸碌地过完一生。我的悲哀来自
有人正遭受着与我曾经相类的困境
可我无能为力。我的温柔来自世界给予我的伤害
我在痛苦中慢慢地学着磨砺内心的晶莹
我的喜悦来自我能够从诗歌中
为日益疏松的骨质找到一粒钙片
我的幸福来自心有恻隐，还能为爱与感动
泪盈于睫。我的忧伤来自年纪渐长
我经常在一杯酒中，在独处的时候
不停地返回往事中交叉的光影
而所有漫长的怀旧，都不过是一次次的自我怜悯

容　积

年少时我体弱多病，一次次抵临死亡的深渊
命运中有一种滋味，类似于胆汁

我从小生活在大山里，贫穷犹如贴身的单衣
生活中有一味苦药，名字叫黄连

后来我经历落榜、失恋、事业的困境
经历陡坡、低谷、隧道和转弯的岁月
我终于理解了：有时，挫败会埋伏在转角处
冷不丁地给予命运重重一击
有时，人生会在柳暗花明的坦途上
拐进山穷水尽的绝境——
这仿佛是灵魂的容积：苦乐参半，悲欣交集
让我穿越生死，学会忍受一切

某时某刻

与五岁的女儿互道晚安，我轻吻她脸颊的时候
母亲劳碌一天，困得靠在椅子上打盹
父亲给她盖上一条薄毯的时候
妻子从菜市场回来，鬓边斜插一抹朝晖的时候
我在深夜写诗，从中摸到我的孤独的时候

我的心，是刚刚脱壳的稻子
有着一粒白米的晶莹

重　读

一本书多年来束之高阁，再次取出时
它满页的斑点、偶尔的虫洞
都是岁月苍老的锈迹
是隐藏在纸背后的天机，终于跳到了文字的面前
生命正在逐渐衰老，我第一次读它时才十八岁
蟋蟀的叫声低于露水，萤虫的微光高过天空
我再读它时，却已岁至四旬
"日月窗间过马"，鬓边霜雪无声
我身体内的江河与大海、灵魂里的高山与平原
也终究会向时间举起苍茫的白旗
在这本书里，我重新读出青春一去千里
溃退的中年一败涂地。而在主角性命攸关的瞬间
书页上却只留下了空荡荡的虫洞
那是事件的另一个出口，仿佛是在等着我补充一笔
为人世中未知的命运铺垫一次转机

入梦宛如一次远行

每次从梦里醒来，都是从另一个时空中
回到了现实。有时我走得太远太急
归来时满身疲倦。有时我历经刺激的冒险
获得了意外的愉悦。有时我遭遇悲惨的变故
我哭疼了全世界的伤心……
当记忆在时间的弯曲中变得恍惚
我会忘记梦境。当记忆沿着时间的顺时针向前
我会想起梦境，仿佛人生只在眨眼的瞬息
如果我梦见了往事，那是我穿越时间
回到了过去。如果我梦见了陌生的场景
那是我在探寻时间无尽的边界
哦，生命是一场悲欢离合的苦役
命运从不怜悯这人生马不停蹄的艰辛
每次我从梦里醒来，都是从另一个时空中
回到了现实。山河有序，群星运行
我带着白发与皱纹，岁月带着沉默与生死

夜里从海边醒来

半夜从梦中惊醒，仿佛出海归来
劲风掠过船头，浪花跟在身后
我与人世的距离，约等于一汪大海的宽度

窗外谁在喊我，口音中带着咸味
那是大海的夜汐，正在铺开波澜壮阔的命运
西天一轮银月高挂，向人间派送着白银
我却只领到了三两孤独、半斤静谧

写诗的过程

那是灵魂在沼泽中挣扎，又在时间的包围中
成为精神的琥珀

那是匠人守着古老的手艺
从磨砺的石头中取出夜空的星辰

那是在波澜壮阔的深处，一张网
捕捞大海的回声

那是蜘蛛在天花板上，垂下悬空的天梯
只为抓住大地的重力

当我从人头攒动的尘世经过
白发萧萧中，心脏的血液燃成了灰烬
而我相遇的，仍是自己孤独的影子
我终于相信：写诗，不再是布道
而是一种——
在长夜中穿越黎明的祈祷

在长夜中穿越黎明的祈祷
——浅议熊焱诗歌中"诚"的表达

/ 蓝紫

"在长夜中穿越黎明的祈祷"是熊焱诗歌《写诗的过程》中的最后一句。在这首诗中，他把诗歌写作的过程融入一系列生动的比喻，让枯燥的脑力劳动在形象的描绘中得到了升华；在抚慰生活带来的创伤的同时，也使灵魂与精神有了向上攀升的通道。正如他在另一首诗中所写："……从修辞的炼金术中/找到脉搏的跳动，生命生生不息的欢乐与痛苦。"（《一首诗的沉默》）。诚如他诗中所言，他的诗歌多描写人生的境遇，对生命与命运的困惑、彷徨、焦虑、怜悯以及在这种种境遇中的领悟与超脱，还有对生命的希望与喜悦。他的诗歌诚恳、本真而又质朴、悲悯，是来自灵魂震颤的蛩音。读这样的诗歌，很难不被诗中真挚的情感所打动。这种动人心弦的品质，皆来自作者的真诚与善良——尤其是诚，不仅是真诚，还有围绕诚的其他品质。

对于写作，古人早有告诫：修辞立其诚。对熊焱来说，其"修辞的炼金术"主要也是诚。关于"诚"的词组有真诚、诚恳、诚挚、忠诚、诚实……这些词语大都指向同一个意思。而要想到达"诚"，必然要"走心"，所以，与这一品质密切相关的，是"心"。"诚"与"心"所带来的，则是善，是悲悯。读熊焱的诗集，可以看到，充盈于其诗歌内核的，正是这几个关键词。这些最为平常也最难能可贵的品质，成为熊焱诗歌创作的背景与底色。

"诚者，天之道也；诚之者，人之道也。"[1]周敦颐在《通书·诚上》中如是说："圣，诚而已矣。诚，五常之本，百行之源也。"关于诚，古人已有深刻的体会与研究，甚至到了"诚者圣人之本"，表明"连圣人也不过是唯诚而已矣；甚至连圣人之教

---

[1] 《礼记·中庸》。

也依然不过是唯诚而已矣"[1]。由此可见，"诚"对于人生、对于写作的重要意义。熊焱的诗歌之所以打动人心，其本质原因也在于此。本文试从这个方面，来探究熊焱诗歌中关于"诚"的表达。

一、忠于内心的真诚表述

在熊焱诗集《我的心是下坠的尘埃》中，大多篇幅是生命历程的感悟与记录。诗歌就是他的传记，也是他内心的独白。他抒写生命中的病痛、孤独，抒发对生命、命运的感叹，都是基于内心真实的情感，诗歌作为他的心灵外在于文字的表现方式，是他心性的真实体现。这种忠于心灵的诚实表述，说明了"诚"与"心"的关系。"孟子认为'诚'下贯上达，贯通天人的整个过程都是以'心'为中介展开的……荀子则从道德修养的角度把'诚'与'心'直接联系起来，如'君子养心莫善于诚'"[2]。熊焱用诗歌，同样也印证了如下逻辑：诗歌的语言离心更近，因而更无限接近于诚。

他在诗歌中多次提到病痛："十六岁的夏天／我接受了一个生死未卜的大手术"（《我的出生》）；"我坐在候诊的人群中，压着隐隐作痛的胃／那里是潮汐涨落，沉积着生活的酸辣苦甜"（《在医院》）；"年少时我体弱多病，屡次与死亡擦肩／母亲心急如焚，躲在暗夜里啜泣／咸涩的泪水泡软了岁月的荆棘"（《岁月颂，3》）；"整个少年时期／我历经病痛的折磨，多次命悬一线"（《轨迹》）……这些对自身经历的朴素而真诚的讲述，在传达给我们心灵震颤的同时，也正如华兹华斯所说，一切好诗都是强烈情感的自然流溢[3]。

病痛是每一个人都不愿面对、只能无奈接受的体验，是原初的、灵敏的，是生命发出的警告，让人知道身体哪些地方出了毛病，提醒人们珍爱生命。肉体的疼痛作为人类固有的体验，同时也会让人对生命的体验更为深刻，从而更多地去倾听自我、体悟生命，对生命、命运自然也有了比常人更多的慨叹。诗人在诗歌中关于病痛的抒写，则是一种疼痛的诗学。

当然，这种疼痛，不仅来自身体，还来自精神的负重，如"中年的焦虑、生

---

[1] 敬文东：《味觉诗学》，春风文艺出版社，2021年，第176页。

[2] 李佩桦：《立诚·主静·超越——论周敦颐以"诚"立极、出入佛老的文化创新思想》，《法音》2015年第1期。

[3] 华兹华斯：《〈抒情歌谣集〉一八〇〇年版序言》，曹葆华译，伍蠡甫主编：《西方文论选》，上海译文出版社，1979年。

活的艰辛、奋斗与挣扎"等。诗人的写作与思维，不同于作家或评论家。比如美国作家、评论家苏珊·桑塔格在患病后痛苦的治疗中写出了《疾病的隐喻》，并依靠文学赋予的顽强意志战胜了病魔。桑塔格对待疾病的看法是：疾病并非隐喻，而看待疾病的最真诚的方式——同时也是患者对待疾病的最健康的方式——是尽可能消除或抵制隐喻性思考[1]。熊焱的诗歌便是如此，他在诗歌中直面病痛，直抒因病痛带来的慨叹：

> ……肉身听任机器的摆布
> 灵魂却在怜悯活着的艰辛
> 人世虽有尽头，但生命的深度却远得不可探测
> 我醒来时，头仍在眩晕
> 身体仍在下沉。我走出门去
> 就像是从梦境中疲倦地回归
> 长途坎坷，人间风霜弥漫
> 满走廊都是同病的可怜人啊
> 一张张焦虑的面孔，隐忍着身体的劫难
> 而身后的门缓缓关上了，就像死神正躲在门后
> 认真地盘点着生死的清单
> ——《在医院》

关于熊焱诗歌中的病痛，已有诗论做出过恰当的阐释："身体作为人永远敞开的感知场，无时无刻不在承受时间与生命当中发生在人身上的苦难、挫折、病痛、离乡、漂泊、孤独、惊诧等复杂的体验。对一个诗人来说，他的诗歌的思考与表达往往来源于这些对身体冲击力大、让身体形成神经反射的'伤害性'体验。"[2] 在医院中被冰冷的仪器扫描、检测，是几乎所有人都有过的经历，唯有这样的慨叹来自诗人，它在被写下的同时，也有着如医药般的救赎作用，类似于桑塔格依靠文学的力量战胜病魔。诗歌的魅力也正在于此。

诗人对自身境遇的真诚表述，揭开了现代社会下人的真实精神状况。在被现

---

[1]　苏珊·桑塔格：《疾病的隐喻》，上海译文出版社，2003年，第5页。

[2]　董迎春、覃才：《"病痛"体验与"离散"书写——80后诗人熊焱诗歌论》，南京理工大学学报（社会科学版），2018年，第6期。

代性消解的现代生活中，在嘈杂、喧嚷的社会环境中，在商业化、快节奏的裹挟下，浮躁成了常有的心理状态。浮躁在一定程度上，使"诚"的品质成为稀有之物，与之而来的，则是每个现代人都体验至深的孤独。

若说病痛是肉体的经历，孤独，则来自内心的境遇。作为生活在现代社会的单子式个人，孤独，是现代性赋予每个人的必然心境。对这一现象，哲学家赵汀阳有过深入研究："现代人的孤独是无法解决的问题，孤独不是因为双方有着根本差异而无法理解，而是因为各自的自我都没有什么值得理解的，这才形成了彻底的形而上的孤独。"[1] 喧闹的现代生活，反而使人对孤独的体验更深。正如熊焱在诗歌中所写的，"我为人世汹涌的喧嚣而倍感孤独"（《自省书》）。在熊焱这里，孤独不仅是生命的底色，"生存是一种漫长的匍匐／长天下的人和牲畜，都在艰难的生存中／有着相似的孤独"（《水灌进田里》），同时还是抒写的主题与意象："我幻想独立荒野，与全世界的孤独保持一致"（《我幻想的人生》）。正如他在诗集前面直言："我写诗歌，是为了抵达孤独。"

新诗因语言的变革、社会的发展与变迁而来，走进人类孤独的精神世界的同时，它的情绪底色，也同样是孤独："新诗的情绪底色必将是孤独；每一首具体的新诗作品，无论其主题为何，原则上都得到过孤独情绪的预先浸泡。"[2] 孤独在本质上是现代人的精神困境之一，但在诗人这里，则"是在热闹的人群中独享灵魂的静谧和心灵的富足"（《我写诗，是为了抵达孤独》）。正因孤独，诗人才有了对时间、岁月、命运的怜悯与感叹，而在这怜悯与感叹中，诗人更感孤独。在《我的心是下落的尘埃》这本诗集中，可以看到，诗人使用频率比较高的词语有：孤独、寂静、怜悯、命运、中年、时间、岁月、生命……这是一组关于心境、情绪的词语，同时也可以勾勒出一个大致形象：这是一个懂得享受孤独、安于寂寞、心怀悲悯的诗人。因此，他对自己的诗歌写作有着清醒的认识："我确信诗人的声名不是来自认同与赞美／而是从这世界获得的孤独，比岁月还深"（《轨迹》）。

二、"诚"由"静"生，静致所至

"寂然不动者,诚也,感而遂通也,神也。"[3] 周敦颐认为，"诚是一种'寂然不动'

---

[1] 赵汀阳：《第一哲学的支点》，生活·读书·新知三联书店，2013 年，第 133 页。

[2] 敬文东：《感叹诗学》，作家出版社，2017 年，第 81 页。

[3] 周敦颐：《通书》，上海古籍出版社，1987 年。

的本然状态，诚'无为''无欲'。所以，在道德修养中必须'惩忿窒欲'，必须主静。何为'主静'？周敦颐认为'无欲故静'，否则就达不到'诚'的圣人之境"[1]。由此可见，"诚"与"静"相辅相成。在普遍浮躁的时代，在喧嚣的环境中，保持心灵的安静与安宁，是一种难以习得的能力，也是难能可贵的品质之一。读熊焱的诗集，可以明显地感知到他心境的安静与安宁。

作为人到中年的诗人，因为工作与生活的烦琐、忙乱，已难得有自己的独处时间，熊焱在诗集序言中这样描述他写诗的环境："常常在飞机的轰鸣下，在高铁穿过千山万水的呼啸中，在公交车摇摇晃晃的颠簸里，在地铁向着幽暗的奔跑中，我用手机断断续续地写下诗篇。四周都是人群杂乱的喧嚣，我独享那文字赐予我幸福的美好时刻。"这样的诗写状态，只能建立在心灵的宁静之上。

与心灵的宁静互为呼应的，是"寂静"——作为心灵能感知到的一种静谧状态。"寂静"时而是心灵的映照，时而是吟咏的对象。从词义上，喧嚣是寂静的反义词，在喧闹的世界中保持心灵的宁静，是诗人独有的能力。正如诗中所写："在一个发光的窗口里／我将从世界的喧嚣中找到寂静"（《夜归》）。而孤独是寂静的同义词，它们在熊焱的诗歌中常偕同出现，如："唯有大地以宽容回应我的平庸／群山以沉默回应我的孤独与寂静"（《四十岁，初秋登峨眉山》）；"西天一轮银月高挂，向人间派送着白银／我却只领到了三两孤独、半斤静谧"（《夜里从海边醒来》）；"我只要世界给我添加血液中的两勺盐／一勺是孤独，一勺是寂静"（《生命在庸碌中衰老》）。

正如华兹华斯所说，诗"起源于在平静中回忆起来的感情。诗人沉思这种情感直到一种反应使平静逐渐消逝，就有一种与诗人所沉思的情感相似的情感逐渐发生"[2]，这是诗写过程的精准表述。"与诗人所沉思的情感相似的情感逐渐发生"这句话，指的就是情感的自然流溢。这在其他某些诗歌写作者那里，若不加以节制，很容易成为泛溢的抒情。但因为有过"持续地花费时间去认真阅读、思考和打磨技艺"，在熊焱这里，体现的则是卡内堤说布洛赫的那种"不知不觉的技巧"[3]。在写作中的具体表现为：当诗人写下自身真实的境遇之后，即会有情感上的升华

[1]　吴凡明：《周敦颐对"诚"的理论重构》，南通师范学院学报，2001年9月。

[2]　华兹华斯：《〈抒情歌谣集〉一八〇〇年版序言》，曹葆华译，伍蠡甫主编：《西方文论选》，上海译文出版社，1979年。

[3]　卡内堤（Elias Caetti），用德语写作的英国作家；布洛赫（H.Broch），奥地利作家。转引自钟鸣：《秋天的戏剧》，学林出版社，2002年，第44页。

与跟随。如"我的母亲怀着我的时候，差点去了医院引产／我幸运地来到人间，就像一滴水珠汇入大河／从此跟随浪花奔腾"（《轨迹》），前两句看似平淡的讲述，道出生命之偶然。其实，每个生命来到这个世界，皆是偶然。承认生命的偶然，也就是承认生命的无奈与无意义。在无意义的生命中，是我们所做的事情在赋予生命以意义，比如阅读、写作、旅游、劳动等等。但诗人的经历不同，因为在这偶然中，同时还有幸运。这些真实的历程，此时如果继续花费笔墨，则很容易流于散文化。所以，成熟的写作者都会在此刻及时打住，在后两句进行情绪上的渲染。这也是诗歌写作常用的一种技艺：由实到虚，虚实结合，从而形成情感上的张力，也很容易获得读者的共情。

熊焱的诗歌从写作环境（需要心灵的宁静），到内容（人生与世界的孤独与寂静），到过程（平静中的回忆），是"静"之全方位的展现。他在宁静的状态中，用诗歌来自我反省和领悟，从而达至"诚立、明通"。这种"静"经由诚挚的心灵，进行诚实的抒写，抒发对人生、岁月、命运、时间的沉思，自带沧桑与悲悯的属性。

三、"诚"从细节处来

法国大文豪福楼拜说："仁慈的上帝寓于细节之中。"真诚的讲述，从来不是那些大而化之、浮于表面的笼统叙述，而是源于细微处的精当描摹，不经意间触动读者的心灵，从而感受到作者的诚挚。而一篇作品的价值，很多时候也取决于细节的考究。正如巴尔扎克说的："当一切的结局都已准备就绪，一切情节都已经过加工，这时，再前进一步，唯有细节组成作品的价值。"[1]细节写作已是各种文学体裁中老生常谈的话题，诚然，细节写得好并不代表"诚"，只能说明作者的写作技巧好、水平高。但真诚的写作，一定会有细节的加持。细节描写，是写作者进入场景或事物，与所要描写的对象最大限度地近距离接触，用心去感知场景或事物中那些微小、细腻的一面，找到属于作者独特的发现或感悟。这个过程因为心灵的贴近与深入，因而更显诚恳与真挚，也更容易打动读者的心灵。

作为成熟的写作者，细节是熊焱比较重视的一个方面。比如前文所提到的那些使用频率高的词语，在熊焱这里，并不是一种"冷漠而快速处置的单词现象"，他在表现这些词语（或说境遇）时，也不是"通过外部的'语言暴力'"，而是"巴

---

[1] 转引自许洁：《例谈文章的细节描写》，《写作》，2006年，第20期。

尔特说的'协同行为'"来实现的 [1]。此种协同行为,便是熊焱在诗歌写作中极为注重的细节。比如他写孤独:

> 酒已饮尽。下山的路上夜虫齐鸣
> 仿佛酒盅里珍珠滚动,桌子上的空杯
> 正等待着承接住清泠泠的回声
> 有时,我们需要的孤独
> 是在山巅上寻得一阵微醺。人到中年
> 岁月洞悉我灵魂深处的那份酩酊
> 在一个山坳处,我们下车观看悬崖上的飞瀑
> 一匹白练的孤绝之路,就像命运走到绝境
> 却义无反顾地跃下深渊,完成人生壮烈的美学
> 有人突然掩面哭泣。头顶明月高悬
> 碧蓝的夜空仿佛青花的瓷器
> ——《我所理解的孤独》

　　身兼编辑与写作者的双重身份,熊焱在诗歌写作上还多了一重审视的眼光。他在序言中谈道:"我们在谈论诗歌的技艺时,很多诗人已将诗歌写作中最基本的、规范化的元素置之不理,而对奇崛的形式、聱牙的语言、荒诞的审美情有独钟,并视之为技艺。而对那些朴素中显智慧、平常中见崎岖的作品,视为无技艺……""朴素中显智慧、平常中见崎岖"在此可以认作诗人的诗观,也是他遵循的写作准则。比如在这首诗中,诗行在朴素的叙述中铺陈情境,把读者带入其中,跟随他的情感波动。这情境,便来自一系列的场景细节,比如他抓住了空杯在桌子上带给他的细微的感受(等待冷冷的回声),这让这个平常的场景生动了起来。而这等待的过程,便是孤独。再如他观看飞瀑时,从飞瀑直流而下的细节处,感悟命运之孤绝。这些细微的动作、细小的景观、细腻的心理描写,在饱满的情感中,还带有克制、隐忍的语言感觉。

　　再如另一首诗《夜里听闻一则喜讯》,由"我起身到窗边"这个细节动作带来的,是窗外的夜景:"夜空正捧着月亮的银勺 / 向世界倾倒着寂静。山坡下的大海波光

---

[1] 钟鸣:《笼子里的鸟儿和外面的俄耳甫斯》,出自《秋天的戏剧》,学林出版社,2002年,第 45 页。

粼粼／它们与人世隔着一个梦的距离"。这衬托了诗人的心境："夜晚虽美，我却怅然若失。"喜讯本应让人心生欣喜，而诗人却说"喜悦更让我感到悲切"，这样的心境，通过前面对窗外景色的细致描述，有了情绪上的感染力，从而让读者明白作者的心情。

关于诗歌中的细节，熊焱有自己的心得，并以诗歌做出回应："太幽微了：显微镜下的秘密／心灵深处曲径通幽的迷宫／有多少孤独、爱与惶恐，多少悲悯、幸福与宽容／像萤虫的微光，对应着浩瀚的星空／正如滴水有穿石之力，羽翼有天空的高度／一首诗要在细节中，看见人类的欢愉与悲苦"（《在细处》）。从这首诗中可知，细节并不全是对事物的细致描述，更高的境界是能从一滴水中，看到它的穿石之力，能从一片羽翼中，看到天空的高度。而人类的普遍情绪诸如孤独、爱、惶恐，则像萤火虫的微光，从而由小见大，一叶落而知秋。

在熊焱的诗歌中，生活中的某一个动作、记忆中的某一个瞬间，这些细节都有一个指向：人类的欢愉与悲苦。这种朴素而真诚的表述，同时以"虚实结合"的方式，就像是情不自禁地发出感叹。这种写作方法所造成的"不知不觉的技巧"，已经内化成诗人的呼吸，并且让读者很容易体会到写作者心灵的真诚，使诗歌写作真正成为他在序言中所说的"人类心灵世界的真实认识、记录和洞悉"。

总的来说，熊焱的诗歌之所以动人心弦、有着憾动心灵的力量，主要来自一个对诗歌、对生活的"至诚之人"及"诚"所带来的一切品质。他的诗歌写作，是生活在尘世中的肉身不断向心回溯的过程，也是通过文字靠向生命本质的过程。其所带来的共鸣与震撼，不仅来自文字的力量，更在于命运本身被文字揭示了出来，犹如揭示了读者自己的命运。他的写作也因此回到汉语最为本真的初心："只要用汉语写诗（无论新旧），心与诚事实上一直是在场的；用汉语写诗（但不仅限于写诗）意味着一场迈向诚的艰苦却欢快之旅，意味着修行……它指向心为中心组建起来的道、智慧和悲悯。"[1] 如果我们现在的诗歌写作能重新回到汉语的本质与伦理，抛却那些玄浮的辞藻、浮夸的技艺，回到诚，回到心，有善与悲悯，诗歌中人性的光辉才会升腾。

---

[1] 敬文东：《味觉诗学》，春风文艺出版社，2021年，第231页。

刘芳　绘
《晚熟的苗子》
2013 年
138cm×69cm
宣纸水墨

现　场

/ 张新泉

好　刀

好刀不要刀鞘
刀柄上也不悬
　　　　　　流
　　　　　　苏
凡是好刀，都敬重
人的体温
对悬之以壁
或接受供奉之类
不感兴趣

刎颈自戕的刀
不是好刀
好刀在主人面前
藏起刀刃
刀光谦逊如月色
好刀可以做虫蚁
渡河的小桥
爱情之夜，你吹
好刀是一支
柔肠寸寸的箫

好刀厌恶血腥味
厌恶杀戮与世仇
一生中，一把好刀
最多激动那么一两次
就那么凛然地
飞　起　来
在邪恶面前晃一晃
又平静如初

人类对好刀的认识
还很浮浅
好刀面对我们
总是不发一言

如果每年都能……

如果每年都能抽时间
去殡仪馆和墓地看看
在上述两个地方
分别鞠躬和喃喃
你就会对家里的旧沙发、老灶台
投以热眼，继而耐心抚平
旧书中的深浅折痕
赞赏鹩哥的问候语
能在短句之后又优雅拐弯……

活　着

越活越旧和越写越淡
都具有惊人的相似性
写得再黑，最终都将归至无痕

活得再久，骨灰盒的形状都不会变

高跷可以踩一阵子
好玩

墓　歌

墓穴中住着蟋蟀一家
咕噜噜的鸽子在隔壁
联袂演奏冥乐也唱冥歌
约定俗成不鼓掌，相邻的碑
有时会靠拢来，窃窃私语

撕

撕是一种暴力
对于纸，即使再温柔
也是

一生中，我们总要
毁掉一些纸
总会与一些纸张
势不两立
在碎纸机莅临之前
我们体面优雅的手
总在乐善好施
温情脉脉的背后
清醒地干掉
一些类似纸的东西

笔使纸张获罪
纸在无法解释的绝境

被撕得叫出声来
文字的五脏六腑
散落一地……
人对纸张行刑时
是一种比纸更脆弱的
物体

纸屑会再度变成纸
再度与你相逢时
一些化不掉的字
保不准会活过来
咬你

枪　手
——读史

不见枪，只见一些
手，在江湖上忽隐忽现
手之外的东西
被竹笠、面罩，和
年代的雨雾，抹去

应运而生的
手，数目不详
但可以从某段历史
黑暗的浓度，做出
相应的估计

这些手生下来
就注定了一些人的死
食指前方，注定不是
月亮的圆弧，而是

扳机

弹丸一般活着
以手指计数，计算着
恶贯何时满盈
月黑，月白
都是好天气

把人心与准星
攒成一条线
枪，就响了
手一生，就说这么
一句

骨子里的东西

这种东西
不太好说
因为深及骨髓
关系骨头的名誉
我们就常常
轻描淡写

但我们的确
清楚这种东西
在行为和嘴的
开合之间
我们目睹过
这种东西
它是一种核
真实地散发
某种气味

让我们看清了
人与人，如此千差万别

有痼疾长驻的骨头
就有寒暑变幻的脸
而一些总也洗不干净的手
直接与骨头相关……
明白这一点
许多惊骇
就有了答案

我们敬仰的
美德和品性
也住在 206 块骨头里
与之相逢
是我们的福分
它们阳光一般
使生命神清气爽
气宇轩昂

缘　分

你开不开花，我不计较
打马从门前走过的人
我已把他的无语
视作深情的歌谣
生命有各自的无奈
你耐心地活着
就好

一年四季
就浇你一点点清水

偶尔去看看
你不秋不夏的叶片
无悲无喜的枝条
也让你看我
歉意的微笑
（邻居的阳台上
正蜂飞蝶绕）

缘分不一定大红大绿
鼓角之外，最深长的是
细细的洞箫
我就这么一点点清水
和一份永远的歉疚
你千万别开出花来
吓我一跳

沙　枣

孤零零站在沙漠腹地
多少年了，不死
也不往高里长
你从远处看
它甚至不像一棵树
那么瘦，瘦得让人惊讶
也挂果。果实又小又硬
挂满果实的时候
就有一个人从远方赶来
爬上树去打枣
榆木棍子落下去
干灰扬起
雨点般的枣粒
直往老黄沙怀里扎

那个人每年都来
他打得很实在
他的关照很有劲
一棍接一棍，就那么抽
横竖不说一句话
那种枣你没见过
那种枣不能吃
那种枣打下来就埋了
那个人在树下埋枣
他没干完之前
夕阳就坐在沙梁上
等他

现　场

一只冷峻的手
指着偌大一个
地球
指着生灵出现之前
人类着陆之后
战乱。流离
繁华。清寂
指着皇室的王冠
也指着夕光下
入土的灵柩
岁月换掉面具
依旧被指认
灰烬随风私奔
溃散在十字路口
啊，广大的庸常、无奈
欲望的雁阵唡啾
血以各种方式

流了又流
而幸福不会隐藏足迹
玫瑰死去时
香气还拉着
季节的手……
勘查无所不在
当我伏案写作之际
月光就站在身后

火葬场的烟囱

可以称得上气宇轩昂
城市所有的烟囱里
它最高，高高在上

把僵如劈柴的人体
统统化作一缕烟
决不考察你的追悼会
是何种规格，也懒得看你
抹的什么口红
穿的哪款时装

先来的先上去
在这根管子里
谁也踩不着谁
谁也无须谦让

都要去灰飞烟灭
都要扑向头上那一团
天光

拉　滩

在滩水的暴力下
我们还原为
手脚触地的动物

浪抓不住我们
涛声号叫着
如兽群猛扑

一匹滩有多重
一条江有多重
我们　只有我们清楚

是的　这就是匍匐
一种不准仰面的姿势
一种有别于伟岸的孔武

热得嘶喊的汗
一滴追一滴
在沙砾上凿洞窟

船老大在浪上咒骂
骂得无法无天
骂得好粗鲁

轮到我们骂时
我们只仰躺着喝酒
仰躺着，把匍匐报复

为亲切塑像

我把她从词典深处
搀扶出来。我想为她
塑一尊永远的雕像

趁着这个世界还未
完全变硬；趁着我们还有
月色，还会面对烛光

我得抓紧。趁着我们眼中
被她弄出的水迹未干
趁着她曾经抚摸过的事物
还在我们身旁

现在纺织娘可以唱歌了
鸽哨、炊烟、草垛请升起来
我要你们——作为最后的仪仗

我这就动手。请给我援助
如果力不从心
请你们接替着我
从夜到夜，从泪光到泪光

宿命知道

卖轮椅和拐杖的小店
有时整天都无人光顾
店主照样读经，下棋
红尘中，谁会跛？谁会瘸？
宿命知道；宿命会安排时间

叫他们来，领走各自的拐和椅

（选自《诗潮》2023 年第 8 期）

孤岛的蔚蓝

/ 陈先发

脏水中的玫瑰

写作首要的是顺应自然之力
夜雨落在青瓦上、假山上
枯草上
自省随时随地发生
年轻时代统治着我的
情欲再次充满我全身
夜雨，将洗净街头垃圾
这是本能的伟力
身体：我睡在这暂时的容器中
是什么使这容器透明，我也将
在它之中醒来
但夜雨仍逼迫我看见别的
我看见脏水中的玫瑰
我愿意是那脏水

远天无鹤

我总被街头那些清凉的脸吸附
每天的市井像
火球途经蚁穴

有时会来一场雷雨
众人逃散——
总有那么几张清凉的
脸，从人群浮现出来
这些脸，不是晴空无鹤的状态
不是苏轼讲的死灰吹不起
也远非寡言
这么简单
有时在网络的黑暗空间
就那么一两句话
让我捕捉到它们
仿佛从千百年中萃取的清凉
流转到了这些脸上
我想——这如同饥荒之年
即便是饿殍遍地的
饥荒之年，也总有
那么几粒种子在
远行人至死不渝的口袋里

过伶仃洋

浑浊的海水动荡难眠
其中必有一缕
是我家乡不安的小溪
万里跋涉而至
无论何处人群，必有人
来担负这伶仃之名

也必有人俯身
仰面等着众人踩过
看见那黑暗——
我来到这里

我的书桌动荡难眠
不管写下什么，都不过是在
形式的困境中反复确认
此生深陷于盲者之所视
聋者之所闻

我触摸到的水，想象中的
水
呜咽着相互问候
在这两者微妙的缝隙里
跨海大桥正接近完工
当海风顺着巨大的
悬索盘旋而上
白浪一排排涌来，仿佛只有
大海猜中了我们真正偏爱的
正是以这伶仃之名捕获
与世界永恒决裂的湛蓝技艺

深夜驾车自番禺去珠海

车灯创造了旷野的黑暗
我被埋伏在
那里的一切眼睛所看见
我
孤立
被看见

黑暗只是掩体。但黑暗令人着迷
我在另一种语言中长大
在一个个冰冷的词连接
而成的隧洞中
寂静何其悠长

我保持着两个身体的均衡
和四个黑色轮毂的匀速

飞蠓不断扑灭在车玻璃上
他们是一个个而非
一群。只有孤立的事物才值得记下

但多少黑暗中的起舞
哭泣
并未被我们记下
车载音乐被拧到最低
接近消失——
我因衰老而丢掉的身体在
旷野
在那些我描述过的年轻桦树上
在小河水中
正站起身来

看着另一个我坐在
亮如白昼的驾驶室里
渐行渐远
成为雨水尽头更深更黑暗的一部分

孤岛的蔚蓝

卡尔维诺说，重负之下人们
会奋不顾身扑向某种轻

成为碎片。在把自己撕成更小
碎片的快慰中认识自我

我们的力量只够在一块

碎片上固定自己

折枝。写作。频繁做梦——
围绕不幸构成短暂的暖流

感觉自己在孤岛上。
岛的四周是

很深的拒绝或很深的厌倦
才能形成的那种蔚蓝

（选自《大家》2023 年第 5 期）

谁的手势像水穿过

/ 贺中

风

是一阵灰！被羌塘高地的骑手
赶下了马背。同时，你是难言之美
被无数逝者的眼睛深深笼罩

日喀则

宝贝之地！那座庞大的金庙
忽然进入越野车窗，在庄园温暖的夕光
引动一阵热泪——

一大群白鸽子刚好擦过市区上空的蓝云

寂静的草地

刮风了，寂静草地
精灵们迈着光洁赤脚
再次踏过我积雪的岩屋

黑夜的蓝眼，像蝙蝠迅速掠过

在没法儿再深的深夜
在没法儿再深的深夜
老光棍不停地摸着自己的躯干

直到五个指头沾满刀锋一样的黑暗
直到那漫长的孤寂把仅剩的肉剔尽

在没法再深的深夜
白骨耀眼的光亮让人间充满冷冷诡异

刀子一样的诗歌

我死了的灵能否在春天的泥巴中醒来
这的确是个问题！

刀子一样的诗歌
我只要你跟随，只要你跟随生命的铜锣

新世纪

下个世纪已经靠近牛群，那河边出现的美人
给人难言的刺痛——

当他们把羔羊
抬来作为庆典的献祭，我顷刻充满莫名的忧伤

小小灯笼

小小灯笼，我把你搂入怀中

冬天太冷了：酒杯打开无数的脸

一夜风流，留下美梦
向西的马车，运来邻村媳妇

高高山冈，小小灯笼——
森林里老虎威猛的眼睛

长夜茫茫，大风劲吹
我的小小灯笼：你到哪儿去留宿

山居随记

乌鸦一样的油灯
泄下牛毛纷繁的光芒
——远处传来阵阵狼嗥
月亮：你冰凉的翅翼盖住婴孩啼哭

这么多年过去了

这么多年过去了，像个世纪老人
喃喃自语，像是这块高原大陆的旁白

逝去的伙伴，深夜总是打开
我的酒柜，翻阅古旧贝加
手稿、佛珠、画纸总是在移来移去

我是老了，如同被洪水洗劫了
如同倒伏的青稞丧失秋天的果实

这么多年过去，我是老了
——老得像荒芜的过去，风干的时间

残 页

我只想进入廊道终端的碉楼
有香膏气息的风情确实迷人极了

我即将被潮湿暗害——
皮肤的深绿色霉斑
替代了芳香面庞

我只想进入，一阵刀光之后
旷野中仅剩瞭望的头颅

那个被迫进入的心脏
在无处着落时砸响了青铜大钟

喜马拉雅山脉

你弯曲的脊背反射着雪的光芒
巨大的影子笼盖田野。夜晚降临

天和地浑然一体，我躺在帐篷
发现蜷缩的身体小过牧羊人眸子里的一粒尘埃

纪 念

如今，当我站住，毒汁浸泡的花朵
又开放了病痛，作为一次回首
我情不自禁地摘下微风吹拂的海螺

把水留给海，把青草还给大地！
而我只是一枚岩溶包裹的化石

你离去的蹄声

黑色黄昏，你离去的蹄声
怎么在我头顶回旋——
通过午夜的放生羊
你的银铃铛敲打着梦中窗户

下午刮风的时刻
我再一次感受到
那珍珠串联的事件
像春天萌动的虫子

我感受到胸口温厚
蠕伏的日子
轻轻启航，村庄
被烟带到远方

下午刮风的时刻
父辈们紧抓自己的头发
和纸片飞扬，尘土
淹没了眼睛

我像个怪异的坏娃娃
抓住惊奔的黑马不放

（选自微信公众号"一见之地"，2023 年 8 月 4 日）

073 •

致你

/ 余西

父亲的电话

> 他说起远山河流，
> 白露为霜。麻雀是成排的
> 在电线上，一无所想
> 这样安然度过冷冬。

> 他说话的时候，我在路上。

> 他说起谷粒
> 积压在门前，阴雨连绵数日。
> 与他同岁的近邻，
> 死在凌晨三点，多好的时日！

> 他沉默了。
> 他沉默的时候，我在路上。

二 月

> 二月清晨，有人
> 在雾霭间漫步。
> 喜欢把脚步放得很轻，

像鸟雀，落在枝头。

有人，假装自己
是潮湿的房子，
或是白色的足音，
或是正在醒来的母鸡。

水雾退了，
有人踏上一缕阳光
返回故乡，
生活在陌生人中间。

留言条

我看到了，你说的果园。
晨雾还未散去，几枚橘子
穿插在绿叶间。
今晨的空气，真清新啊。

没有麻雀和房东，
我踏过的石梯
铺着青苔，让人怀疑
是否有人经过这里。

但我知道，我知道
你就在这扇门的背后。
冬天来了，你留恋起
温暖的事物，就像我

常做的那样。
我走了。如果醒来
见到这张条子，希望你能明白，

我曾如约而至，如昨夜微雨。

有些事物

有一些事物
悬在夜色里。

太小，太安静。
总是对自身太过沉浸，
对过往的人或花朵，
无法投上懒散的一瞥。

有时，它们落在
我身上，像是尘埃。

但对夜晚的怀念
终会被唤醒。它们终会
想道：事情已然变化，
如射出的箭矢。

晚年一景

想象他坐在树下，
夜晚和清晨相似，
一生与一日雷同。

想象他的偏好，
诸如黑衣裳
和紧缩的面容。

灵魂是灰色的。
想象他受到的伤害

和不再受到的伤害。

想象他的呼吸，
他的微笑，已无人理解。

想象此时，风吹过，
留下的空白那么巨大，
以致无人察觉。

致　你

你来了，你退隐。
你没有逗留，或逗留
片刻，或更多。
我不知道。

你平分日夜，催生花朵。
你让雨水落下，
你在天空里种植麻雀。
我不知道。

你在夏日里
会感到冷吗？
你去年写的信寄给了谁？
我不知道。

只是啊，夜晚仍旧孤寂，
白昼仍旧忧心如焚。
城市仍旧是城市，
而我已不是我。

我想起你，你

已经走了，或者根本没来。
这并没有什么，
你在消失时最美了。

种种悲伤

像光涂在枯叶上。

像红色岗亭
无人眷顾的电话机。

像"前方施工，
绕道而行"的蓝色标牌。

像阴影。

哦，那么多人，那么嘈杂的车辆，
那么寂寞的斑马线。

在种种悲伤的黄昏，
我想起你，走过街衢，
海风吹起你素色的单衣。

山居日记

深夜醒来，
鸟群寂静。

相熟的牝鹿
沉眠于山巅。

睡去时，风替我扫去

门前落叶。

我觉得我老了，
内心已无光影。

旅　途

我将驶向我不在的城市，
那里有我的书和床，
有不是我的桥和人群。

风景在玻璃上流逝：
绿的杉树，白的河流，
如同过往，在细雨中沉浸。

体内，血脉幽暗，
自有一种哀婉流淌，
但不要为我难过。

透过椅背的间隙，
那女人足以给我安慰，
她的双重下巴，她的尖嘴红唇。

无人相识，却能与自己交谈，
没有人知道我的喋喋不休，
只有震颤、轰鸣，在座无虚席的车厢。

我仍没准备好，
和华丽的城市生活在一起，
因为我贫穷、怯懦，我的生活没有意义。

达 尔

——读《我弥留之际》

瓦达曼，你妈妈躺在木盒子里，
告别氧气、河水；告别思想和炊烟。

瓦达曼，我们来了。
我们要将猫赶离现场，将苹果树的阴影赶进月光。

在木板与木板之间，
她散发着细语。她该藏起来，
在涌动的河，或烈焰。

瓦达曼，当你在谷仓里躺下，
睡去时怀着微小的不安，你妈妈，
应该被光普照，远离兀鹰和溃烂。

瓦达曼，你妈妈是一条会游动的鱼。我没有妈妈。

（选自微信公众号"野外诗社"，2023年10月8日）

我被它的隐喻吸引

/ 曾纪虎

下午之光

下午的光在植物上绘画
一个女人从长脚的甜蜜之径上出现

红玫瑰般的人，声音
技艺之风进行天蓝的溶化
以为自己是世界的中心

毫不费力地品尝，同性友人
往返于流血的唇与神通奇迹之间

哀叹这些圆润
而无助于忧愁
另一处，错觉，更可慰安

这一回，恒星长满了另外的公园
心渐静时，她的露水情谊
解决了闲聊时的光明声音

"他于樱桃小嘴间宴坐。"
"他于樱桃小嘴间宴坐，遍满虚空。"

夏天的花朵不远

夏天的花朵不远，恐惧心建造循环
比啤酒和汽水的味道更纯
昨日女王已尝过小丑的红唇

在月亮湾小区，雨水刚停
护栏的缺口处堵着一辆福田欧曼9系自卸货车
植物身上的舞蹈元素随机混合

夕阳，橙红夕阳拖着短短的光晕晃动
瘦小的、静止的黄昏幽魂

发现自己的恐惧
它招来亡灵佩索阿，这个借多重身份而存在的人
封闭、反感。认可神在

尽量接纳。更好地促进安宁
更好地促进温柔的中性美学

我被它的隐喻吸引

那不是静的物，不是真相
我只能说空气在身体之外响着
是怜悯？是时间？不！是印象
是简单之噩梦。我只能说
以致命运不能完整地表述自己
蠢蠢欲动的某些现实；我只能说
我说，在它的上面，语言就这样忽然而过
——把无力的陈述掩藏
但是被隐喻带走的微妙声音

不会对你有任何的帮助
关于在，我说；如今却只有索然寡味
祈愿，小黑暗和征兆

午夜茶

交谈着，午夜茶。在安宁中
被孤立起来的语言进入一人

而黑暗中，沉默的个体，它美
它简单；它又如何更接近灰色的忧虑

把时间性带走

花束枯萎尘埃，整个房间如一平泽
听觉里的影像纠缠必然的忧虑
把时间性带走？把悲剧性带走

空气中血液画出紫荆，孩童隐喻哀怜而宽缓
而声音，声音在花柱上微笑
我只能简单地说它美

对于虚无，敏感而惊畏
幻化为床脚边的气流

暗和亮，下和上，屋内的方对应屋外的圆
这一周来我迷于非物质存在的新流
幻化、虚无、归宿、普适

轻风入怀

轻风入怀，入林梢

它的句子绵延不绝
偏执言语灌溉极度富有的国土
遗忘中心廊架，有如忘掉纬线——

我们曾有的非意愿记忆
松散的、难以辨认的活着的对等物

黑夜会拆散白日
不记忆，不说出，懒得思量
日常生活中有目的的行为——
令人惊异，徒增伤怀

万物的形象如此迷人

昆虫的四肢吸附着夜色，事件无限
生命、写作和一切的事
不过是些平常的、飘忽的、隐晦不明的时刻

年轻时我自负而厌倦于镜中的身体
局限在经验的某个领域
割舍了人、物和符号的流动

万物的形象如此迷人，予人悲悯而无怨
我生于此世，感同身受，又如何能
将叙事的无聊感无遗漏地展现在一人的眼前

狂热之诗

一把钥匙，夜晚和蜜的法则
与天竺葵那样，紧紧地贴着它的对象
游戏，屈服于本质上不可救药的不完美

是否可以说，无止境的努力包含着什么
描绘仅属于本己的时光，更换表达方式
并觉得这时光也在自己的存在之中

他越来越远了，只是在
用一个符号释义另一个符号
用一首诗释义另一首诗

那时，我得以俯瞰整个敦厚小镇

我曾微妙地解析。露台下
荷花呈现一种状态，对着云层喊话
凝固的空间中来了一场秋凉

很自然地想起二十年后，偷窥而位移
你，或许就是可以阐释的市场社会，就是某个
脱离了生活的角色

在一首新作的小诗里
有拜物的意味——人的位置、视线、对话——
都表现在词语的状态之中

那时，我得以俯瞰整个敦厚小镇
一组明天的、以游冶代替性爱的浅薄时间

风在水之上

让该运转的东西都运转起来
很多事情在自然发生
在黎明的前一刻，他卑微的技艺占了上风

风在水之上，水在初醒的平川之中

刚要翻转的手掌，它渗出的一颗微尘
如蓓蕾般稚嫩，似灵飞般无形

是这样的，在这样的时代
每天早晨我都深悔：自己醒得太迟

那蓝色的穹顶
曾俯身于怙恶不悛的大地
——已在忘怀中化身离去

（选自微信公众号"风在安隐"，2023 年 9 月 11 日）

野蜜蜂记

/ 高春林

瓷牡丹

汝瓷上的牡丹要开多久有多久……
雪只是个小序，这时落在我们路途上，
让诗清凉如诗有了贴切的说辞——
清凉也是清亮。抑或，裹挟风雪历来
是我们的诗——太初约等于创世。

黎丽说：每幅画对应一种精致的瓷艺。
我向瓷牡丹看了又看，低眉于
一抹豆绿，或许，早已埋入身体。
我还能说些什么？很多事飘摇于雪，
做下去等同于蝶飞。一些光归于典籍。

在夷园
——给李志军

推门进院的一个瞬间，光敞亮而来，
这时缸里的水仿佛缘于光而轻漾了一下。
抚抚旧书，你说十三万首，历代僧诗。
我张了张嘴似乎想说什么……莲花汝瓷杯
在我们手中转了转。然后长时间的沉默——

翻阅着这些入禅的诗，以及它美丽的孤独，
我感到我自身的边界在渐远，在这样的
时间除了一道流水，仅剩下书院、游鱼和我
……你把一枝桃花插在条几的瓷瓶里，
点点花红似是提醒：清雅也不弃人间烟火。

我看向窗外，桂花蓬勃出时间的魅味。
你说：能做到的就是对世界捐出一棵树，
谈到自由与迷雾。我就想起加里·斯奈德，
他的寒山诗："一直很冷，不只是今年。
嵯峨的陡坡永远被雪覆盖，树木在幽暗的
沟壑间吐出薄雾。"这时我停顿在诗的
迷蒙里，似乎整个夷园也停顿在春雪后的
一个迷蒙里——清冷而迷离。一个隐喻
在于鲜花与雪相偎依。刘希夷指定不感到
奇怪，碑石与花，有一片丛林便是醒觉。
这时，一只松鼠在悠闲地吃着松间雪。

刘希夷

仍然是一个不羁的少年，少年。
立在夷园平整的一小片墓地，
当我看到嵌入墙体的半截
刻着"唐诗"的碑，一种断裂感
或者说时间陷入坚硬的黑暗。
雪后的夷园散发出初春的薄凉，
一只松鼠在后山的松枝上疑惑地
望着我们，薄薄的光在透向林间
空地。没有听到琵琶声，在
一个行歌少年的院子，没有琵琶，
他或是带着独特嗓音去了江南——
自由于诗有一个属于自己的天空。

这时唯有雪依偎着已开的花——
一种热烈已然无法摆脱世界的冷。
那又怎样呢，山林行歌，我即是我，
我在浪费着我，在向群山吐真言，
"伊昔红颜美少年"。痛惜的事情
太多，近如那些消失的人，
最终未能扛过冬天的人，还由于
一种疼痛存在着。岁岁年年，
一些事情在模糊，一些诗越来越
有阔大的隽永。因为诗倾向于不羁。

在牛涧河上……

河流还在继续。牛涧口的湖水
在二月的天青下醒来——一只巨眼
透出惺忪的眼神，在打量我们——
一条河在，我们的世界就在。

我们都是一段河道的撑篙人，
从牛涧河或者另一条河，为了有
一个远方，即便过多的漩涡
挑衅我们的桅杆。为了时间之鱼……

太多恍然而逝的人，
雪都下到了南方——没有另外的列车，
一条河流穿过身体里的冬天
在唤醒时间。当我走在牛涧河上，
想起了我的几近丢失的船篙
——从哪里来似乎不必问，
在我的河道，我的篙在丈量我。

这几天转暖，适宜在河岸走走，

适宜给时间写一封信，谈谈紫花地丁
——给世界以春天的草图，
谈谈果戈理的句点幻影也在这里。

雪后九峰山

或者在雪后来山上走走，就这样，
而不一定选择春日。累了就在石墙下
抽一支烟。我一直保持着好奇——
九峰并峙抑或九女舞于峡谷，
人们赋予石头不再僵着的表情，如此
要让消失的人活过来，如此薄冷的
山有一个真实感，如此雪即清奇。

一只黑鸟从峰顶倾斜而下，画出
自由的弧线。石级似乎在永远向上顺延，
在撒开来时的人间旧事。谷水似乎是
峡谷间一个收缩镜面，照见我们的行踪。
我们踏着石上雪迹，想到前人的
神秘游仙诗，四海星辰出离了现实之困。
那个隐逸，即是给内心一个观自在。

在这里走走，有一个石寨向我敞开。
每一个峰都独立。并峙也即商议。
不考证什么，我们所有的词都是一个山体。
三年了，再上九峰山，似乎我也有了浩渺。

在汝州，想起苏轼

在汝州，想起苏轼——想起你一直
都在，而我在一点一点地失去自己。
我感到我的匮乏——仅一年时间，

雪落路途上如同瑟瑟的肉身。
逝于去春的父亲、弄丢的爱人、
手术刀划过身体的嘶鸣……
我紧紧攥着我的词，像是唯一属于我的
瓷器。我在找苏轼和子由寄居过的院子，
一棵树和另一棵树还在蓬勃，上空
一个归于时间的明月——这一刻
记起节前回到父亲的庭院，父母不在了，
偌大的院子，再无春联笑对关羽。
时间是一种印花的瓷，每个人
都簇拥着自己的色泽，天青或月白
那样的具体。而世界多出了雪泥，
于是苏轼写下：应似飞鸿。
于是飞鸿演绎了他的一生——
流荒渡海，到哪里似乎都携裹着雪。
雪是无话可说时的飞词。
而我该说些什么？我们有时
是一个角色，是苍茫大地的
一个泪滴。我清楚我的身体里
有一个东坡，用于挣脱、叛逆，以及
喝酒时有一个叫作月白的酒器——
和渊明对饮。度与不度都给时间一个澄明。
自己，即使渊明所在的南山无悠然可采，
也指定要对饮一杯，大不了醉到月亮上去。

眼明泉看远……

从这里看远，一抹蔚蓝慢慢辽阔于身体，
它在越过寺院、旷野——我相信到了你那里。
我感到我们明天的旅程就是如此——
在未有禁制的蓝调里，泉水隐秘地涌动它的细浪。
我的确说过，眼明泉以它的清冽救过不少命，并再次说，每一个人的景致就是给自己一个清澈。
这个冬天的困顿在于迷雾多，放眼的辽阔
像我们的爱，每天燃烧一会儿以抵御世界的寒。

缓慢的冬天

这个冬天冗长。想马河不再有马的奔驰，在雨中
尽显渊明的清境。不见酒器，我只是写下唠叨的句子。
我说什么来着？愧对了时间——时间这个马驹。

这个冬天，每个人的身体里都有一列火车，
穿过隧洞以及险峻的冷。隔着的时间让最亲密的交谈
也有一种无力感，但这已是对内心的呼唤，
晚九点，俄耳甫斯幽暗的长廊有了一粒微光。

连阴雨说

我不是阴郁，而是轻逸地在万物之上
寻找你。浑浊的时间太过长久
一个人就不再是我族类中有血性的那个人。
我在我的每一颗雨水里注入了灵指，
它弹拨着星光，弹拨着你曾失去的良夜。
我像祈求我身体里的灵魂，祈求你
在无尽喧哗中安静甚至孤独地倾听一次。
"那低矮的石头，在平缓的岸上滚动吧" [1]
我的到来的确是必然之上的异见之声，
——如若没有一个人在这绵绵的长夜里
倾听，我必将抑郁地死于一种冰凉。
我像是一个使命，带着弓与琴
回荡在丛林，和你的时间、干涩的街巷。

---

[1] 引自索德格朗的诗。

我一度不愿过多地停留，借以明亮的石头。
发生了什么？我问正在读的阿甘本，
一个人或众多的人在慢慢地喑哑和失聪。
我持久地搭上箭镞，一片清凉的羽翼
掠过空落落的或者有些眩晕的枝杈。
我不是征服，我是说：醒吧，醒吧。
我那遍寻你的水珠，明亮地携带着我的诗。

波浪记

"你是时间之上浮出的嗓音。"
除了干净如晨光携着你走过街巷
的确别无波浪为另外的波浪而动摇。
在一个灯红酒绿的
江湖里——诗，即持续的失眠。
我由此坚信你的嗓音，隐秘的天使，
为了时间之门，给夜以篝火；
为了冬夜的旅途唱出内心的圣歌。
明天将会出现什么样的景致？
如若预设，暗礁、魅惑，见鬼去吧。
时间是我们的忍者，也是爱的痛点
——你的偏执里有我的岩石，
打开窗，还有什么可怀疑？
生活的不对称，在于你的忧伤，
而这必然的日子必然为了爱而生长。
我指间烟，明灭的火星几乎烧到手指
——醉也即醒——我们要做的，
不是"歌自苦"以及"各自苦"
——冬天就要来临，
急切的嘴唇，是一个词暖着另一个。

野蜜蜂记

　　我要在这沸腾的大海上静下来。
　　时间为清澈而生，不再是无序，
　　一条鱼因有了自己的鳞片而飞行，
　　而有一个水域。我不再沙哑，
　　那个深蓝上的眼睛，不再是漩涡。
　　我轻呷一口，浸入苦涩的冥思，
　　世界是什么？我有清晰的念想。
　　但一首诗在我们的城市聚不起来——
　　一些短语因缺少明媚的注脚
　　聚不起来。我需要拢合一篮子
　　不走失的桃子，酝酿一个词群曲。
　　我相信持久的事物里的神性，
　　相信身体里的明澈，即便不完美，
　　事物有它的星河和鹿鸣就够了。
　　子夜弥撒的安宁，也叫明净。
　　说到夜我点支烟抑制一下坏脾气。
　　我回过神来望大海，我想问
　　"你的大海是什么？我是我的辽阔。"
　　诗，以其词簇，在投向深渊，
　　诗像冬天的野蜜蜂，拒绝荒谬。

（选自《诗歌月刊》2023 年第 9 期）

甜之刃

/ 李昀璐

从月亮回来

不可再返回
在引力中，成为另一个人的卫星
拥抱自己的圆缺与盈亏
这不是谁的月亮
她每天都不一样，直面过无数
守夜者内心的矿难和平静

她是一口深情的枯井
一只孤独的眼睛

滇池之夜

身体总要有一些地方，用来安放
星辰、月光，还有翅膀

翅膀已经睡着，在暮色四合的时候
时间是一条流淌在滇池里的河
像是血液，循环反复。每一次
都吞没一些话语，生出更多远方
宴席已散，回头是岸

我被塞得太满，只有眼睛是空的
大风贴着水面吹过来
一遍遍，一遍遍地
用力蹿到我的怀里
抱紧我
直到星星，填满了我的轮廓

拟行路难

乡愁有时是反向的，我们会
更眷恋尚未抵达的远方

瀑布止步于山崖的围城，为何要
在人间投石问路

每一个字都掷地有声，也绝不反悔
醉意寄北，追问山寺冷凝的钟声

草木之心，是春天的心
是柔软的心。月光自愿落在我们掌心

一生都要做落榜的人
做走投无路的人，做诗人

碧色寨火车站

铁轨往前走，自己去找车
钢铁骨架，该有一颗比铁硬的心脏

屋檐下的阴影收纳一个又一个旅人
他们带来远方，没有哪一根肋骨和铁轨等宽

挂钟以指针拒绝时间，阳光从小楼
黄色的墙壁中，缓慢抽出自己

　等候火车时，藏匿的可能性胜过所有
复杂的证明题——证明自己是一座车站
夜夜等候风停歇，0.6 米的寸轨上
驶过一片大海

老虎风筝

每个放风筝的人
都想飞，靠一根线
拉住蓝天另一端

蝴蝶五彩斑斓
燕子线条流畅，轻盈翻飞
更多的三角形、多边形

我们身体无法拥有的形状
风穿过骨架，肉身太沉重

空旷的原野上
有人牵着老虎风筝
虎爪一遍遍掠过头颅
在胸腔，发出低沉的共振

墙　纸

水草是假的，鱼是假的
小美人鱼是真的，石榴色火红
不动声色的海浪手握万花筒密码

花瓶是真的
干涸与枯萎唇齿相依
唇亡齿寒是假的
双手空空才能抱紧你

抱你是真的，贫寒中生出如玉的柔软
马良折枝作画，万物造影之前
早已怀璧其罪

火焰观察

点燃后，就能拥有
最唾手可得的温暖了

斗室内，火焰跳着舞
张开翅膀
催醒老旧的热水壶

环抱水，以坚定的煮海意图
完成共沸的使命

空负火命
多年来，我习惯在暗处
以钦慕之心
爱所有发光的事物

那不问结果的勇
本身就是炽热的一部分
也是我人生中
尚在缺失的拼图

穿透寒冷，击退暗黑
很多时候
它秉持着刀的锋利与进退

锻造铁的骨骼
我们知道，唯有火光
拥有不被覆盖的权利

移动餐桌

持续半月，每天中午
我都在等待
食物从明亮的厨房盛出
放在不锈钢饭盒，穿过街区
抵达我

餐具从袋中取出
拼凑一顿简易午饭

青菜和鸡汤
这绝佳的访病套餐
陈列整段早间的轨迹
从菜场到超市
你折起袖口的灰尘

狭窄过道，我们蜷身而坐
你极力推荐：今日招牌炒饭
金黄虾仁有扎人的刺壳
米饭也带着焦色的生硬

可它们也冒着可亲的热气
安抚辘辘饥肠和等待的心

你来看我，带着笨拙的食物
和朴素的移动餐桌
喋喋不休展示蔬菜的奥义

并在低头时，将我偶尔垂落的碎发
归至耳后

水果糖制作指南

椰子糖，洁白，质地坚硬
拟态棕榈科，正如柠檬糖是浅黄

苹果糖是绿色，未成熟状态
有冰冷的酸味，酸是冬天
是牙龈上的风和倒戈的水果刀
取走你的糖

离别是橘子味，暗恋是荔枝
刺壳固守仅剩底牌
思念是劣质白糖，模拟
心碎和眼泪

未名的一生

在菜市场，大部分果蔬是不完美的
泥灰中的土豆，无意隐藏它
微小的虫眼，作为食物的生涯
需要这朴素的勋章

番茄们怀着细长的疤痕
靠深浅不一的颜色，与同伴相认

没有一帆风顺的成长
历经缺水或高热的季节
胡萝卜长度参差不齐
白菜有绵软的心事
丑苹果，带着歪歪斜斜的野

它们带着未干的露水
不被规训地活
在最小一隅，一切都被允许
允许伤口，允许创痕，允许弱小
允许一株瓜藤，未名的一生

甜之刃

见习魔术师，用一颗番茄
变出三明治与酸汤火锅
再用一瓶牛奶，同时端出
纸杯蛋糕与手拉奶茶

勤勉的打蛋器，为即将启航的
奶油拉花艺术，转动加速的白色波涛
蜜糖梦境，需要以曲奇饼
搭建童年的屋顶，启动命运
用雪顶，铸成缥缈的云影

柔光中的少女时代，已学会滤出骨骼里
暗苦的术法，誓以余生追随针尖上的回甘
这是一种武器，甜之刃
会破开重复日子中，往桃源的门

魔法偶尔失效。烤箱关闭，余温散尽
重回狭窄的房间，世界还原成障目的树叶

不可预知的艰涩，涨满整夜的蝉鸣
黄雀纺出，苦水中的玫瑰，苦酒里的七月
缠紧我们年轻的心脏

（选自微信公众号"滇云艺海"，2023 年 9 月 14 日）

尘世杂记

/ 人邻

张羊子羊肉店轶事

　　店门外的清早
　　每天都拴着羊市买来的羊
　　靠墙是地麦草
　　新扎制的扫帚

　　一天也许是有点饿了
　　那只羊忽然
　　对着扫帚大嚼起来
　　羊也许还有旁的想法

　　那天客人啃剩的羊骨头
　　胡乱丢在地上
　　许久
　　都没有扫出去

人类的话语

　　厨子托着一只鸡
　　捏捏骨头
　　说，骨头要软

鸡才嫩

他话语轻柔
舍不得那样
像是说着
谁家的一个孩子

人类之前
好像不是这样的
那时候人类的语言
不是这样

放　生

唯一的一次放生
偶然从一个僧人手里
接过一条鱼
水急急
如刀削
怎么也找不到
合适放生的一处

生命居然是可以放生的
生命本该是无处可放的啊
我犹豫
我的心里生满了荒草

看着这条鱼
跟我的一生一样
如何放下
放入
这茫茫的尘世

割草记

风吹着
一不小心，风就吹乱了
割草的人
茫然无措
怎么也理不顺

让我替那些乱了的草
不驯顺的野草
抱一声歉吧

——割草的人
受累了啊

旅途所遇

旅途
一只麻雀
它的灰褐色
像一小片渐渐要干了的水渍

麻雀
忽然往前一栽，稳住
往前一栽，又稳住
它平顺的羽毛有些凌乱
我知道那不是打盹儿，那是
死亡即将降临

它渐渐立不住
渐渐无力

麻雀的死
那么轻盈
那么不忍惊吓到万物

比秋风稍稍沉着一点
稍稍大一点的秋风
都可以随意吹了去

（选自《诗潮》2023 年第 8 期）

绝句

/ 唐不遇

抛　锚

我停泊在这里过夜。
一枝美丽的珊瑚
伸进轻轻摇晃的窗户，递给我
适合做梦的月光。
但我醒着，从床上抛下我的灵魂，
好像一只锈迹斑斑的锚。
一只蹲在床脚下的黑暗中的猫。

月亮和鲸鱼

月亮，每夜靠燃烧上百吨的煤
从海上升起。
而鲸鱼，顺着神秘的甬道
一直往下沉，越来越深，
黝黑、粗壮，流着冰凉的汗水，
扛着生锈的铁镐，
就像一亿年前的矿工。

即　兴

一个人驾着两艘船出海
有一艘必定会沉没。

就像两颗星球
凌驾在大地上
有一颗正在沉落。

孤独的月亮

我反复徘徊在沙滩上，
波浪反复向我奔涌：
每一次退却都带走一串脚印，
而留下美丽、孤独的月亮。

未选择的路：和弗罗斯特

两条路我都没有选。
它们像一把剪刀，
锋利的两刃正在合拢，
剪着我的去路，或归途。

腹　语

这神秘的腹语，来自一座
苍老的钟，来自一条
缓缓涌过你身体的河流：
零点。它已抵达你身体的最低处，
舔舐着气泡般浑圆、
洁白的卵石。它渴望上升。

流　星

到了换牙的年龄，我躺在屋外
仰望天上的繁星。
屋顶上有我刚脱落的一枚乳牙：
那是我遵照家乡的风俗
用尽全力扔上去的。
那是我的流星。

窗

为了在深夜继续醒着
一扇窗吸收了世上
所有的光，独自亮起。

而在黎明到来时，
它又独自暗了下去。

诗

泥土般松软的椅子。
打着呼噜的鼻尖。

喵，一个新的季节之神，
盯着开始发育的鸟儿。

当我熟睡之时
我的语言正慢慢康复：
死亡，一首动了小手术的诗。

月　亮

这么多年我总是活在过去。
我醒来时黑夜已成过去。
人间已成过去。我曾比你更早抵达这里：
一个影子等待月亮在天空中升起。

蚂　蚁

诗人必须对着过去的天空说话，
必须写下几颗看不见的流星。
而在他的脚下，流沙正在聚集，
就像不知从何处而来的一群蚂蚁。

（选自《诗歌月刊》2023 年第 8 期）

印痕

/ 圣章红

印　痕

　我送走我的衣服。送走在这个身体上
居住过的客人。送走几十年前见过
但已消失不见的朋友
我送走书本，连带思想
有什么用呢？曾热爱且深信
但现在我已写完剧本
我送走月亮、山川，星海辗转
我送走亲人，抚摸
眼泪与焦灼
厨房水缸半满，木瓢刮过缸沿
送走老人的呼喊：回来啊——
我送走惊吓，送走我认识
不认识的，无休止的苦
我送走我的姓名，文字
呈现的符号与声音
它们其实并未存在过，确切说
它们生成的同时也在溃散
就像我。我送走我，每分每秒
最后只剩下印痕，来自童年
来自泥土的部分

太深了，我没法挪动
只好陪它一起埋入树根

就这样，我们度过了一天

确定有某种更值得注意的东西
在摇晃的秋风和它笼罩的街市中
即使夜深，路灯下依然人来人往
梧桐叶转着圈，围绕无形之物
生活建立在需要安静和习惯之上
红薯烤熟了，冒出甜汁。车还没来
人们盯着漩涡中的落叶
直到风歇。自然以节律之舞
让生命在细微处和解。感受多么真实
我们却无法知晓它是如何铭刻在记忆中的
人生就像一团散物、一朵云
某些时刻犹如雾中之树
我们被这些独立的感受标注了
就这样，我们度过了一天

河　道

风老了，河水摊开四肢
摩挲底部的泥土，拽住水草和岸柳
为了送走断枝，徒劳辗转于物质世界
生命应当是快乐的，我们并不知道尽头在哪
秋来时，扫把将素不相识的落叶赶到一起
尘埃越飞越高。有没有人也开白花的栀子
孤独的老人前赴后继走向河水。除了死
应该还有更值得做的事
否则解释不了这无所求的人世
人们走出村庄，爬上熙熙攘攘的车辆

野狗成疾。多年来
瞎子端坐桥头，等待天空来信
我们每天都沉没一次
从一条河到一条河。淤泥盛满灵魂
从暗沟奔向河道，只有流逝
流逝，一个接一个的流逝

结 束

暮色不晚。街上人迹寥寥
从杜鹃树中捕捉夕阳，为退场打光
一根长了白须的胡萝卜。想想看
五十多天里，它吮吸自身的营养
直到身体渗出黏液。剩余都是奢望

春天。看到满地的白光
一辆接一辆车送行。泪水
拥抱。艰难的结束
应该在沿途挥舞天使的手绢
谢谢！谢谢！亲人啊

不管如何
这空空的街头还无法自由舞蹈
白鹅在湖中游荡，它失去了家族
即使樱花飘落，柳绿成林
所有人的记忆里
还澎湃着泪水和起伏的涛声

一切终将过去，但是
寒冷与温暖对每个人都不同
在武汉，春天很短
消瘦的梧桐开始提前筹备酷暑

四季将城市不断改变
没有今天，明天还会有昨天吗
残存的悲伤打开未来之门
像静水流深

同样的风吹了很久

丝瓜朝下生长，冬瓜原本躺着
今年换了新姿势，挂到院墙上
人们路过，惊叹：哎呀——
进出院门的脑袋故意撞着它
粉色的母亲早起去看它
灰色的母亲傍晚再去看它
凌晨，失眠的人在空气中默默挪动
猫和狗像两个温顺的孩子
老人带着它们去看第三个孩子
同样的风已经吹了很久
它们重复着奔跑，重复着吹
重复着轮回。为了被看见
被想念，总得有人出发
有人留下。冬瓜下霜了
浑身白毛，垂垂欲老
落叶早早守望在墙脚
带着终将结束的释然
模糊的喜悦与忧伤

立　秋

一片落叶安慰这个早晨
秋天即将来临
猫咪追赶蝴蝶和鸟雀的日子
橘树捧出小小的果实

人们从院门外走过，腰脊越来越弯曲
墙壁随春夏的逝去日渐花白
晾衣绳摇荡细细的秋风
空气和晨昏，土地与河水
经历了世事并开始遗忘世事
回忆童年的时候父母很孤独
就像我此刻对父母的想念

感谢夏天即将过去
随后倾诉与聆听便会来临
关于欢乐的记忆总不如痛苦那般深沉
好在秋天雨水丰沛，一年一年的秋天
湿润万物，让执着与宽恕相融于泥土
海棠与蜡梅等待着新一轮的绽放
她们努力且安静，不久后
褪色的年月会因她们变得鲜亮
如除夕的烟火，星星点点
闪烁在心灵深处

秋天是想念的时节
我们终于到了不为什么的年龄
廊檐冰柱滴答而下，渐渐融化
落叶回到种子，话语回到心里
我们在儿时的水缸边喝水
木瓢中摇晃着依稀的月光

生活通常从昨天开始

要这样描述婚姻，你可以说
窗户白天常开夜晚常关
两间房入口铺有小马图案的地垫
门上挂着红蓝两色的毛绒狐狸，造型少见

当时所求已成记忆。合影物是人非
雨季来临时，湖水的味道冲进阳台
洗后的衣服散发着无法干透的黏腻
鸟飞到对面屋脊打坐，以晨为始
到处是空，还有满
婚姻就像一块牵连不断的海绵
吸满了悲欢交织的岁月，滴答难言
灰尘在看不见的地方起舞
不知来处的印痕
被写进木椅的凹痕处，墙上挂饰替换后的钉孔
桌布上的水渍。生活通常从昨天开始
房子什么也没说。这是走进生活的
无数道路中的一条，是很多时空关系的一种
我们向死而生，被迫在硬币的两面做出选择
为关系而操劳，操劳赋予我们以形状
它的全部秘密就在于当你失眠时
你能知道自己还在某种确定之中

（选自《长江文艺》2023 年第 10 期）

桫椤树

/ 童七

桫椤树

1

桫椤树长，桫椤树长

桫椤树长到九重天

桫椤树为什么要长到九重天？

《梅葛》[1] 这样说

桫椤树长了要开花

开什么花？开白花

开什么花？开黄花

白花做太阳，黄花做月亮

《梅葛》用不朽为太阳和月亮命名

为什么不朽？因为它们

成了太阳和月亮

太阳和月亮为什么不朽？

因为它们照今人

也照古人

它们照事物的肉体凡身

也照事物多余的灵魂

---

[1] 《梅葛》：彝族四大史诗之一。

从过去照到未来
都是它们

2

百姓中的一位问：哪里没有露珠
偏偏底孜乡的露珠就是罗塔纪[1]留下的水？
史诗收集者没有说话
他在暮色中用圣徒的心情迎接雪花下落
大雪把世界封成一枚琥珀
雪中会走出一些人
他们在这个世界上没有熟人
有人告诉史诗收集者，每一个人
都要见到这些人两次
一次是出生时，另一次是死亡时
收集者明了，把这些他还未曾见过的人
请进史诗，并给他们装上了页码

3

大风刮，太阳和月亮落满灰尘
它让不会说话的罗塔纪去擦拭
罗塔纪是谁？龙王的女儿
龙王的女儿要干活，是《梅葛》所为
《梅葛》还说，九重天太高
罗塔纪要自己取水去天上
两只蓝色孔雀飞来
成了罗塔纪的坐骑
它们陪着罗塔纪完成史诗的一个章节
于是史诗的光亮持久了下来

---

[1] 罗塔纪：史诗中龙王的女儿，负责擦洗太阳和月亮上的灰尘。

史诗的光亮照到今人
负责收集史诗的人带着他的人马企图重塑史诗残缺的部分
找啊找，在人仰马翻之际
找到罗塔纪洗月亮的证据：
底孜乡有露珠——那个史诗的发源地
月亮的工作结束之后
草叶上的露珠就是证据
露珠，是罗塔纪工作中不慎遗落的水滴
它趁着人们睡眠时到达大地
史诗收集者还发现，正是罗塔纪的工作
让大地有了昼夜和四季
罗塔纪让时间在大地上开始滚动

4

曾祖出生于 1904 年。关于彝人的来历
和很多奇怪的传说伴随着他的成长
他早早地加入了马帮，自滇南北上
穿越哀牢山到达昆阳境内
所运输的货物有茶叶、盐巴和棺材板
他们挣到的银钱大多数被土匪洗劫
只有很少的部分能到达家人的手中
为此，祖父也早早地进入马帮
他们风餐露宿地行走，一生都在和土地
说话。沿途听到的古经里
有人为了一双草鞋终生都不走出山洞
他还知道独眼人的故事
天下本属于独眼人，他们怠懒
于是上天派出了双眼人取代了独眼人
行走中的故事因为有了多种事物的加入而
篡改人的记忆。曾祖也听过罗塔纪的故事
他还听说龙王放弃了原先的豪华龙宫

躲进了山里。到底在哪座山里呢?
曾祖后来经过一座他非常喜欢的山
山里有一洞,洞外三伏酷暑,洞内凉爽宜人
洞外寒天腊月,洞内春暖花开
曾祖认为那是龙王逃离龙宫后的住所
曾祖晚年时常把这些故事与他惊心动魄的人生经历
混淆。
他带我见过那个洞
洞中只有土丘,除了夏季特有的凉爽
关于龙宫的陈设只是曾祖的一厢情愿
那个洞在后山,父亲曾用它储存冰块
母亲曾让它做小羊的卧室
我曾数次从那里帮父亲取出过冰块

5

史诗收集者抱着他的卷宗日夜不休地
走在底孜乡的土地上。落日追赶山野
他追赶落日
收集者在黄昏时分看到马缨花开满山冈
每一朵花都有他的脸那么大
花瓣是透明的白色
他看到花瓣上的纹路,清晰得像墓碑上
墓主人的简介
那一夜,他遇到许多躲死的乡民
他们从过去急于赶到未来
他们不知道死亡在哪里
却急于躲开它
在对死亡的恐惧中
乡民们已经躲过众多地方:大箐里
山崖上,岩石间,柜子里
路途中

收集者试图混迹于躲死的人群
有人认出他，把他请出了人群

6

晚年的祖父喜欢骑在火上
一个大雪纷飞的夜晚
祖父哄散了身边所有的亲人
黑夜里
从风雪中走出几个人
他们被祖父邀请进房间
整个夜晚，都在商量着什么
后来，他们带走了祖父
祖父骑着那匹陪伴他整个人生的高头大马
走在人群的最前面
他将要消失在视野尽头
他把在人间的最后一束目光给了我
为了见我，他和他的高头大马走进我的学校
进入了我宿舍的房间
他们看我熟睡，祖父把手伸到我藏零花钱的那个口袋
大马用湿漉漉、暖烘烘的舌头
舔舐我的脸。回到风雪中
祖父依然走在最前面
那匹大马我从没有见过，是
他年轻时在茶马古道上骑过的那匹吗？
是他在牲畜交易市场讲过价的那匹吗？
都不是。是他出生时从曾祖父手里接过的那一匹
所有的亲人都知道它
但没有人见过，除了我
我向所有人描述它的俊美
它美好的颈部线条
它高大的身躯

它光亮的毛发

7

孩子们喜欢到罗塔纪取水的井边玩
史诗收集者路过井边
孩子们怯生生地看着他和他的队伍
收集者曾从水中捞起过一个孩子
水珠沾到孩子身上的每一处
醒来后孩子向收集者诉说见到的景象
桫椤树长，桫椤树长
桫椤树长到了太阳和月亮里
桫椤树的巨大叶子是大地和天空豢养的白云
白云遮住太阳和月亮的光
他在白云投下的那块阴影里休息了片刻
收集者唤醒了他

8

一向严厉的班主任表现出难得的
温和，他支支吾吾让我回家
让我去赶最后一趟回家的客车
我还是不理解。班主任告诉我
你的祖父去世了，你的家人在等你
我看到了那束目光
它在我的睡眠里停留了一个夜晚
此刻到达了我的眼前。大马湿漉漉的舌头
鲜红，混合着鼻息向我喷射一种熟悉的气味
我飞快地坐上了回家的最后一趟车
在落日燃尽之前走进挤满众人的房间
所有的人都在看我
他们的眼神陌生

他们不让我走近装进了祖父的棺椁
制作棺椁的木材是否也由曾经在茶马古道上
颠沛过的货物组成？
诞生于风雪的人究竟把祖父带去了哪里？
在那束目光之后
我就再也没有见过他

9

父亲也参与了那场浩大的史诗采集工作
采访人问他
你知道关于诗歌的事情吗？
他说，小羊被月亮晒死了
又问
你听过民间故事吗？
父亲回答，有两个月，电去赶集了
庄稼地里的烟草失去香味
他夜夜受到祖父的责备
采访人不明所以
把话筒转向了别处
父亲拉着我找到了快要离开人世的毕摩[1]
毕摩口中念念有词：

我掏出祖父离开时放在我口袋中的盐巴
喂给月光下奄奄一息的小羊

10

小羊没有活到新一轮圆月到来

[1]　毕摩：也叫贝玛、西波或朵觋，替人念经，送鬼神之人。但与汉族道士不尽相同，毕摩是彝族中有文化的人，是书面文学和口头文学的主要保存者之一。

母亲在某个月上柳梢的黄昏

见到了挂在月儿弯钩上的罗塔纪

把小羊送给了她

在此之前负责载她的蓝色孔雀已经被岁月消化

母亲问罗塔纪，什么是时间？

她告诉母亲孩子因为长大而离开就是时间

母亲低头收拾掉落在地的核桃

她的手被汁液染黄，变黑

罗塔纪的回答并没有在她的内心激起波澜

她知道由核桃染黑的手指会在不久之后变白

磨损就是新生，这是她的时间观

她知道自己会有一个新的孩子

那个孩子在原先孩子的基础上长成

他们拥有相似的眉毛、相似的口音

他们唯一的不同是双眼间山根的高度

新的孩子因为走了太多的路

山根已经被尘土填得充实

罗塔纪不知道凡人的内心活动

作为龙王的孩子，罗塔纪经受的磨损更为

严重：她正在一代又一代人的记忆中逐渐消散

孩子们也只有在刚出世时对光亮本身产生兴趣

如果有一天她只存在于图书馆的古籍中

天地间的光亮里便少了她贡献的那份力量

那是月亮还是太阳的忧伤？不得而知

它们还是照着过去和未来

属于罗塔纪的历法中只有清洗的工作

史诗采集者问了母亲同样的问题

母亲给他们讲述了以上的故事

11

在名叫"旧天山"[1]的地方
我的父亲让我对土地行等身长头
我懵懂而无知的幼年经历中
等身长头是最神圣的举动
母亲说，庄稼收成，饮食起居
家禽牲畜，我们
无一不是土地的子民。
我在曾祖的墓前静立
眺望他每日都能见到的云霞
不远处站着一棵迎客松
那是一株歪着脖子的树
云霞变幻，不如松树沉静
我和松树对视的时候，他也回望我
他不仅望我，还望四面八方
望他能望见的宇宙一切
他在望中把时间拨慢
他用望对抗着罗塔纪的时间神迹

12

曾祖、祖父去了哪儿？
曾祖、祖父来兴家
小羊去了哪儿？
小羊来兴家
落水的男孩去了哪儿？
落水的男孩儿顶着湿漉漉的头发诵《梅葛》
《梅葛》说没躲过死的事物都在兴家

---

[1] 旧天山：哀牢山中的一处墓园。

曾祖、祖父来兴家，鸡鸭牛羊住满圈

小羊来兴家，水草丰美处

长着黄灿灿的稻子

它们来兴家，它们住哪里？

哦，它们要回到它们该住的地方

曾祖、祖父住哪里？曾祖、祖父住旧天山

小羊住哪里？小羊住桫椤树的叶子上

13

父亲扛着大米、腊肉和水，母亲

牵着一只更小的羊

我们前后离开了旧天山

大风刮，刮得人心静悄悄

麦苗在太阳下疯长，要长到

白云那里去

我听到太阳，或者月亮睡梦中的磨牙之声

母亲说，这是罗塔纪擦洗过的太阳

它照着曾祖也照着我们

（选自微信公众号"螃蟹博物馆"，2023 年 10 月 29 日）

翅膀迟早会再次让他在云端翱翔自如

/ 王计兵

山坡上

我以为会有羊群
像白云
或者耕牛，缓慢移动
当我回过神来
高铁早已一闪而过
山坡上，有一些人

群山中

那些房子
像是随手撒在山里的
在此处，我愿意相信神灵
愿意在每一座峰顶
顶礼膜拜

外卖小哥的鸿鹄之志

毕业时他羽翼丰满
但现实很快
拔掉他的翎羽

他说，那时
就是一只落汤鸡
站在岩石上
抖落浑身的水珠
既然不能飞得更高
那就跑得最快
在路上
他耳边穿行的风声
让他感觉到自己
仍然在飞
疼痛是暂时的
作为一个有梦想的人
翅膀迟早会
再次让他在云端
翱翔自如

发　呆

是什么可以让一个人
承受一切，又忍住了一切
傍晚
我遇到的这个外卖小哥
正用发呆把自己雕成一根木头
我拍他肩膀
是担心他脚下生根
担心他接下来的奔跑
会像是一株连根拔起的植物
尽管他回头瞪我的眼神里
满含岁月的风声
既没有春天，也没有落叶

雪 花

老旧电视机里的雪花
不够形象
满屏雪花时的风声
也不够形象
就连啪嗒关掉开关的声音
都不够形象
漫天雪花时
应该有一个黑影
越走越近
风声应该忽大忽小
伴有尖锐的哨音
而拉线开关的咔嗒一响
不仅仅要关掉
夜晚的一场风雪
也要关掉一个时代
晚归时的父亲
等待中的母亲

生活从不亏欠任何人

我们是这个世界
后来的闯入者。所以
生活从不亏欠任何人
是我们一直向世界索取生活
不是我们抓不住时间
而是我们太匆匆
时间抓不住我们

我们总是夸大其词

把愁云形容成悲伤
把小雨形容成河流
而我们一生的悲伤
不过是时间的两颗眼泪
白天一颗，夜晚一颗
我们的快乐也是

万家灯火

万家灯火
多像是童年的星空
父亲说
人间离开了一个人
就会变成天上的一颗星
星星看见的万家灯火
是不是一颗颗
离开了天空的星星
我和星空相互瞭望
相互想念
所以才会把万家灯火
又看成是，母亲
留在人间的补丁

小 满

现在是打工出行的淡季
列车每到一站
就会慢悠悠地
上来一些人
和下去的旅客数量相当
所以列车一直没有满员
这让我始终觉得自己

是麦穗里
一粒正在灌浆的麦子

列车一路向南
像风中的麦穗
穿行在春天
穿过楚汉，穿过长江
穿过一千里平原
我在中途下车
像一粒未成熟的种子
带着季节的憧憬和遗憾

砖缝里的植物

只要往边上挪一点点
哪怕是几厘米
这一丛草
就可以生长在松软的土地上

每次路过这丛草
我都想从身体的侧面长出根来
这种感觉迫使我
每次都想去拉一把那丛草
却又总是担心将它连根拔出

多么简单
就像一个人挪了挪脚
就可以改变一生
可对于一丛草
却成为一辈子的遗憾和奢望

艾山

如果平原是一张纸
高山就是一枚印章
压住纸张的边角
所以任凭风云如何变幻
平原始终平整如初
历史的卷轴才会如此从容

每次爬上艾山
我就忍不住感叹
这一枚印章下面
盖着的"国泰民安"
就想把印章举起来
让你看看
那些曲折的笔画
饱含山脉的坚毅和沧桑

（选自《诗刊》2023 年第 15 期）

没有蛙鸣的夏夜

/ 黄斌

秋夜宿五祖寺禅庐

听一夜东山的秋虫
我小小的睡眠 似有若无
清晨打开纱门 见两三片落叶在脚
像刚刚摘下的昨天的自己

事物本然的样子让我体验到完美

事物本然的样子让我体验到完美
一团湿泥 干泥 一块土
这是泥土的本然 或许在某些人眼中
它们是污浊的 或不洁的
但并不妨碍它们滋养植物 种出粮食和蔬菜

泥土又何尝不是人类的本原呢
生死于兹 不需要任何报答和感恩
不惜供奉出肌肤和血肉 在无言中包容
泥土如此 本然的事物无不如此 它们的
完美是前定的和谐 不需要美也不需要美学

对土家风雨桥的形构和语义分析

我在山中遇到的土家风雨桥
黑瓦和木头已经很陈旧了
河中的两个青石墩支撑着它
桥内的梁柱椽　还有两端的
围栏和长条座 剥落的油漆光影斑驳
从外形上看　它像一个传统民居
像一个普通的小户人家积淀的时日和光阴
但它是桥　基本功能是为人从此岸
到彼岸　提供过河的便利
而风雨桥似乎增添了更多功能
把桥　变成了一个像家庭一般的存在
不仅可渡　而且还可以遮风挡雨
可以坐下歇歇脚　也可以相会和赋别
风雨桥把公共空间和私人空间重叠在一起
那个设计风雨桥的人　把温度也设计进去了
我走在桥上　感到不仅有庇护　还有安慰

闲　居

春三月的周末　在家烧水煮茶
拿起一本巾箱本的《李义山诗集》
或袖珍本的《坛经》翻一翻
看到哪页是哪页　窗外
天空是灰色的　楼房各有各的
色彩　桃李已谢
绿树在楼房之间深浅不一地穿插
天空　楼房和树　都是沉默的
只有鹊鸲　在清亮欢乐地叫着
在啜茶入喉之际　我感到

我们的存在都已被鸟鸣表达

琴　台

把一个普通的地点变身为
一种文化的第一推动的地方
是琴台　那聚合了偶然和相遇的
突然碰撞和相契的地方
是琴台　那把全然的陌生
通过一曲聆听而骤然变成知己的地方
是琴台　那挥手一拨
消除了各种不可能性的地方
是琴台　那把情感中的高山和流水
呼唤成声音的地方　是琴台
那确证了人性的共通感的地方　是琴台
那把听觉入乎心灵的路径
体验清晰的　是琴台
那把美可以毫不折损传递出去
并能全部接受和共鸣的地方　是琴台
那把单个的人完全映照并纤毫不爽的镜子
是琴台　那克服了人身的皮肤和骨骼的壁垒的
是琴台　那莫逆于心的默会和刎颈相交的友谊
是琴台　那不远千里手捧着心走
只呈现出心的莹洁的地方　是琴台
从此　琴台或许是这样一些地方
不管是在哪里　不管是在什么年代
只要不少于两个人　他们不期而遇
并且能毫无障碍地走进对方
这些地方都叫琴台

没有蛙鸣的夏夜

在城里　没有蛙鸣的夏夜
似乎只有灯光可以随意支取
那些各种年代的建筑
也可以视为互为攻守的碉堡
我猜测城市是我们学习的乌龟仿生学
那些柔软的部分　必须被保护
古老的城墙早已拆去
一如我们千年来枉费的心机
只有江河不废　山川不言
一个个渺小的有机物
在越来越抽象的神经网络中走着钢丝
也许我们通过材料和建筑
离大地越来越远　但又并不适合居住于太空
回归自然　已然是一件不可能的事情
能赋归去来　应该是陶潜的历史幸运
哪里还有一个本然清新的自然在等着你呢
我或许只能期待在某个王化不到的僻野
小住两晚　并且耳朵里
早晨是鸟鸣　晚上是蛙鸣

沈从文弧线

树叶挂满了深秋的黄油漆
红油漆和棕色油漆
这让我想起了印象中
沈从文弧线的色彩
沈从文曾画过一张边城的草图
笔直的陆路绷紧如弦
水路蜿蜒弯曲如弓

水陆衔接起来的通路
让我感到一种山川的紧张
在这张弓的底部
凤凰古镇璎珞一般散开
这张草图虽然是线描的
但我乍一看到
便感觉身入其中
我的老家也是这样的
蟠河绕出一个大的弯子
分隔开湖北新店镇和湖南坦渡乡
在水陆相交的地方
古镇也沿着河道散了开去
这种同构　让我一直不能释怀
爷爷曾在长丰公社摇渡船　收钱一分
船上有粗茶水缸　竹筒放在木盖上
我有时在船上
有时在河滩上捉小螃蟹
四季的色彩　都在我身边不远的山上
现在　蟠河也是我心中的一根弧线
虽说我一直没有画下它

周敦颐不除庭草

世人皆知周子的《爱莲说》
一笔彤管　以天空为纸
书写自然之美文
哪里还有这么完美的相契呢
不过　我猜测周子也只是说说而已
他只是给世人一个具体可把握的意象
菊、牡丹和莲　都有视觉上的刺激性
不同的人会为不同的花朵倾倒
我之所爱和彼之所恶是共时性的

撇开那些道德主义的说辞

让美能够恰切生长才是最重要的

我钦佩周子的地方在于

周子不除庭草　只要它能生长出来

就不要惊动它　这是周子的行　这种成长

超越了所有的蓄意奋斗和设定目标

它只是不得已长了出来而已

周子的回应　也只是让　让它是

让我相信这就是他的理学和形上学

并且一直要让到一根野草长无所长

磨　墨

以前我很喜欢磨墨

好的松烟墨里　加入了麝香和冰片

磨墨时满室生香　头脑清明

闲逸的心里开始隐然构想着字形

和墨在纸上牵引出的效果

当时我喜欢董其昌和王文治的用墨

淡灰的笔画中　凝结着一道细细的

浓色墨痕　那种趣味不可名辨

磨墨也是磨心　有时不免急促

写在纸上　那浓的墨线颗粒有些粗大

笔墨的味道相应差了不少

那是失败的经历　好在我素性慵懒

加一点耐心　磨到一砚淡墨将成

便即放下　试试笔　再看有什么欲写的诗文

黑大光圆我是不大喜欢的　有点胀人

淡墨中的隽永和书卷气　像坦腹东床的王右军

我的磨墨经验启示我

与其去做浓墨宰相　不如做个淡墨探花

数据社会的批判者

生命是细胞和分子　而不是比特
再复杂的算法也无法列出爱的方程
所有可能的美都拒绝数据
乡愁更接近于形而上学
是曾经生活经验的热乎乎的法相
和彻底丧失后无可挽回的痛悔
数据　不过是乡愁的修辞
超越物品价格的　不是价值
而是无价　锱铢必较的市场
目的是实现拒绝数据的公平
每一个被体检报告控制的身体
都是一个被数据奴役的身体
类似的还有网购打折和卖场活动
这些狙公赋芧式的朝三暮四的游戏
数据只有在审美的意义上才可被接受
其他皆油腻

（选自《诗潮》2023 年第 9 期）

刘芳　绘
《假竹桃》
2013 年
138cm × 69cm
宣纸水墨

诗集诗选

《呼吸》诗选

/ 刘棉朵

玻　璃

昨天我看见一个女孩
不住地往玻璃上哈气
玻璃很快起了一层雾
然后她又用报纸反复擦拭
从内到外，仔仔细细

她的影子落在玻璃上
她把那面玻璃擦得那么干净
完美，好像刚刚出生
擦着擦着
她就穿过去了

墓园里的泥土和别处的泥土是一样的

墓园里的泥土和别处的泥土是一样的
不论是果园、麦地、花园，还是树林
它们的成分是一样的
都含有种子、空气和水
不同的是，在果园里
种下葡萄能收获葡萄酒
在麦地里，收获小麦

花园里是玫瑰

树林里如果有松树、榛树

就可以拾到松子、榛子和蘑菇

墓地里的土有一些悲伤

但也不会悲伤很久

鹰

我在高原上看到了鹰

清晨，在一辆中巴上

我从车窗里看见它们

离我那么远

如同我年轻时的理想

黑黑的，像逗号

我差一点把它们当成了别的什么鸟

如果不是后来

其中有一只降低了高度

让我看清了那只能属于鹰的

姿态、力度，那静止在空中的鹰的翅尖

岁 月

我想起了我们一起穿过广场

在海边的一个潮湿的晚上

七月。到八月的时间还有好久

九月。我们曾经坐在一张长椅上

伞遮住了我们的头颈和肩膀

雨水打湿我们的鞋子和双脚

十二月。我们在黑夜里驱车

寻找一条新修的高速公路

在拐弯的隘口看见了消失的灯光

我坐在你的身旁快睡着了
你说有一只松鼠迅速过路
从车灯前一晃而过
你用手指着，让我看它。十月

我想起一个男子赤裸着上身，站在远处
翻耕着温顺的田野
大地那么辽阔，而他的工作那么快乐

每一个词语都有一番它自己要说的话

每一个词语来到世上
都有一番它自己要说的话
它带着它的语气
它们的迷笛

红是要说出"红色"
蓝是要说出"蓝色"
大海的前额和旗子上的血
种子是说把"我"种下
词语会给你一个春天和秋日

麦子说"黄金""馒头"
和麦田上空的云雀
"鼹鼠"说家室、繁殖和根系
大地说故乡、山峦、河流和炊烟

"天空"说云、飞翔和无限
燃烧说烟、罂粟和灰烬
"奔跑"说风、速度、摩擦、闪电和鹰

蜜蜂说着花朵、蜜

我的爱里含着死亡

"爱"说客栈、蝴蝶、酒、浮力

死亡说着悲伤、草药、骨灰、骨灰瓮

一个词带着它的语调、历史

从很远的地方来

小声地说着它翎子上的象征和时间

我们和词语一起活在这个人世上

我们能做的是清洗完我们的耳朵，然后听着它的咕哝，书写

一封信可以支配的事物

写一封信如果要用两个小时

那么它首先就支配一百二十分钟

它将被投进邮筒，在一个下午被送出去

它就开始支配一辆墨绿色的卡车

一个蓝色的邮戳

它将跟着一个熟悉的地址

离开那个海边小城

带着一些海风

到达它要去的某个省份

它被一个骑着电动车的女邮递员

气喘吁吁地送达

写这封信的人如果是坐在靠近

阳台的一张桌子上写信

它还会带走一张桌子

一沓干净的信纸

它将决定那个收信人的长相

这封信

也许用不着太长

大约需要五千字和几个标点

有一些描述性语言

告诉他这里已经要盖被子

满街的苹果、萝卜和大白菜，朴实亲切

它们和番木瓜的味道大有不同

还要问一下那里是不是还刮台风

写这封信时

如果是黄昏接近天黑的时候

她还要告诉他，她要做饭了

她做了一道他爱吃的菜

等着他来

如果不来，就给他留着

一封信，写到这里已经够多了

它已经支配了够多的事物

其余的，将留下来，等着下一封信带走

（选自刘棉朵诗集《呼吸》，长江文艺出版社 2023 年 8 月）

《宿鸟》诗选

/ 冯新伟

乡 村

我栖身已久的小城以前比现在更小
出城我就回到可爱的乡村
在收割季节我深入劳动的女人当中
在她们丰硕乳房的包围下
我把金黄的麦子一棵棵放倒
她们的香味饱含麦子的香味
她们的笑声使我手足无措
她们开心时会脱掉我诗人的装束
用一捆一捆麦子把我埋葬
我知道我的动作很笨
可我又是多么心甘情愿

雾

我要留住这雾，这十二月的
遭际：感到窒息的房舍、星宿，
和残存的花瓣的回忆。
月亮还在犹豫，月亮
只能等待：雾散去，
从森子窗前的梅树上散去。
梅花酝酿着，此刻，它的花苞。

蒙着温暖的水汽，在森子窗前，
它盛开的每一朵，盛开的
每天清晨，将成为
从未有过的惊喜：这就是
诗人与一朵梅花的相遇。
雾还没有散去，
我要留住这雾，因为在雾中，
我看到的那么清晰。

随时等待

随时等待坏消息
随时等待灯熄灭、耳失聪
鼻子嗅不出味道
你——美妇人随时等待
烛光和床和恩爱随时等待
公寓的深秋隐居在成排的树里
孩子，孩子，你一个人的儿童
守着空房子的午夜
睡眠将你的思念与不安
收进堆满玩具的抽屉里
今晚与往事随时等待
日光灯与旧信在水泥地板上铺开
"我爱你！我爱你！"随时等待
星光，足音，陡峭的楼梯

音乐课
——给儿子

整个室内充满旋律，亲爱的
这是第一课。不用强调
不单单是学会，并掌握弹奏的技巧

爱，给人温暖，没有技巧可言
跟着这种旋律，孩子。跟着
音乐，这美妙的声音
不是吉他发出的。不是
爸爸在弹奏，亲爱的
是山顶那棵老树在弹爸爸
通过爸爸的手跟你说话
宝贝儿，爸爸爱你
那棵树也爱

诗学研究

缓慢地试笔
推迟入睡，尽量地
请梦回避。我的意思
是说：不该梦见的
最好由这支笔、这堆词语
代替。但我的意思
我可明白？
请继续，用这支
跌歪了笔尖的旧钢笔
跟它们相会
它是避雷针，还是
探测器？假如
他们说谎怎么办？
熟睡后，我会管不住自己
我会傻笑，尖叫，说胡话
回到 10 岁或 3 岁
对世界
有一种本能的着迷

中　年

黑暗中，没人看见我
躺在被窝里，闭着眼睛吸烟
但我，能看见他们。
那些活着，或已经死去的灵魂
灯塔般的脸，似乎
在冥冥之中，或各自的
不为人知的梦境，引导我进入
那曾经属于我的光荣和梦想的领地。
考验我怀旧的深情与深度，
以及重构事物的能力。我知道
我到了现实与梦模糊不清的年龄。
往往是记忆中，充满柔情的部分，
会给我新的挫折感与打击。
仿佛我是因为爱，而赌输了一生
的日暮途穷的老人，
不肯贪睡，不肯丧失
这重现的被时间捉弄的机会。
为追寻飞逝的激情与青春，
我甚至看见，我化作土壤的肉体，
在地下，在洁白的若隐若现的
骨骼间，像牡丹花那样生长，盛开。

岁月的残照

没有激情描述它。几乎又是空白
除了吃饭，抽烟，晒太阳，呆坐
早晨翻出旧裤子，使劲儿搓

斑斑点点的红油漆、白涂料胶

是去冬为儿子粉刷新房留下的

水缸注满，把电话移置到窗后
吩咐：烧草垫时，将母亲的病历
检查报告、CT 片、未服完的药

一并烧掉。此乃上午，父亲归来
在家停留片刻，所做和所说

没有激情描述它，2009 年剩下的日月
母亲不在了。媛媛两日后出门
儿子在云南帮岳父打理工作

当修拉链的小贩再度吆喝修拉链
照射到屋檐的阳光，已经成残照

悲　哀

整座院落里，无处不写着悲哀
尤其在黄昏时刻。尽管火炉上炖着
姐姐拿回来并替我剁碎的鸡排
但热腾腾的香气，一时还驱不散
很快，夜背着手走来。绝似倒行逆施者
夜令我惊讶的是，每天必这时来
总保持矜持、散步的姿态
太缺乏优雅与风度。这倒不是说
白天它健步如飞，我为它的快而焦虑
字不曾写，书无心读，开始盘算生活
也非责：当它迟迟不肯转身时
又为它的慢，不看它身后星光组成的卫队

属于诗人的日子已经不多

删去吧，昨日
加今日烦恼的光阴
我个人强求这一删除

删除吧，满怀的希望
青春期加盛年的挽救
我个人需要这一删去

正像所有人忘掉磨难的日子
正像所有人睡一夜就忘了往昔
正像老年人每天恋恋不舍地撕去一页日历

是啊，我们的生命在减少
是啊，我们失眠，做梦，因为很难得有一个好心情
而我，一个四十九岁的诗人开始倒计数

自画像

属于我的两扇窗，大大的
敞开在我圆脸庞的峭壁上
睡觉时，才被我关好
并垂下一副窗帘：长长的
眼睫毛。

仔细瞧我的头颅，多像
一座城堡！顽固而耐用
可惜我的身体，不会拔海而出
像飘浮的热气球
或著名的比利牛斯城堡。

我权且把我的躯体，当成
我灵魂的居所；我权且
就暂住在结构复杂的城堡
每天站在窗后，若有
所思地，向四面八方远眺

（选自冯新伟诗集《宿鸟》，长江文艺出版社 2023 年 8 月）

《清澈》诗选

/ 灯灯

湖　边

水的栅栏，光线的老虎在走动。
我再次感觉到群山
和更高远、未知的事物。

我把我，推了出去。

弹流水

弹奏流水的人隐到石头的内部。
水纹颤动之间，流水被风
又弹奏了一曲。

倾听的耳朵四面八方。
争执的耳朵四面八方。

顺着波纹我直上天梯，这一次
我不弹奏流水
我在天地的中心

人心在命里，各执一词。我赠流水无声。
流水不说话

流水带走人们说的话。

所　见

杀鱼，鱼不叫喊。
踩蚂蚁，蚂蚁认命。

蛛网上的蝴蝶，挣脱后
又一头撞进另一张。

这些都不算什么——

还有那么多鱼
有那么多鱼
游向刀子，和刀子相依为命
有那么多蚂蚁，一直排队
来到鞋底

还有一个人：
因为徒劳，而写下这一切。

人　称

把第三人称，换作第二人称
大雪纷飞
千山鸟不飞

把第二人称，换作第一人称
换作哈萨克斯坦的乳牛
在零下三十摄氏度
每走一步，都像一种问责
每走一步

身上的冰霜就碎成一张人脸

哦，作为看客我们是一样的
作为过客，我们也是一样的

一　日

花香里的骏马，冲过雨的栅栏
冲过它在人世的镜像

那迎风的白火焰、红火焰……
带动温柔升腾的绿意，不可逆转的意志

——来自生命本身、被忽略的部分：

问候我朴素的一日。

一张白纸在飞

白鹭要带着水中的自己
远离冬天，所以它飞翔

远远望去，整片水域都跟着它飞
接着是山脉，是山脉后面
黄昏的村庄

更远一点，是冬天，是尘世
远远望去：

一张白纸，领着茫茫的尘世在飞。

爱

黄昏我以鹤身守着一湖静水。
汉字纷飞。

一生，和很多词永别了
比如父亲，比如姥爷、姥姥……

寂静的时辰，松涛穿过松林
松果滚动，它仍然跃过明月照耀的沟壑
跃过
我不断做减法的人生

——我一身洁白，松果再次跃起
汉字纷飞如雪
所有的汉字都变成一个字，都变成在空中
闪烁，闪耀的"爱"字

——它来自天上的亲人和星辰。

花溪遇蝴蝶先生

溪水清洗人心，蝴蝶翅膀上群山分配辽远。
在花溪，遇蝴蝶先生
以天地为课堂，山河为课本，以石头为
三尺讲台
溪水中有戒尺，有教诲
先生说，要学会聆听：听心，听善，听美
我听先生之言
卸下负重之躯，溪水带着溪水远去——

我不急：山花开放，明月照丘壑

我且慢：山路崎岖，灵魂和溪流正在拐弯。

（选自灯灯诗集《清澈》，长江文艺出版社 2023 年 8 月）

《石壁与野花》诗选

/ 张晓雪

黑天鹅

它与生俱来的底色
当然不是黑暗诞下的。
是旷野里的锈迹，

一点沉默，变黑的谜团。
一点神性，埋藏于群鸟丝鹭
和芦苇的摇曳中。

它把防备展开又抱成一团。
那一刻，务必高冷贵重
披着乌亮的反光。

务必看清凸凹不平、
吉凶成败的河滩，
敢于立在银色的波浪里
做白日梦。

它当然不是白天鹅的一面镜子，
默默对视却一片模糊，

曾绊倒过几只躲避的天鹅。

因渴望蜕变而使高瘦的身体
颜色加重。在它看来

所有的光芒都是微闭的样子。
群居中，认命般地领受了自己
——一个旁观者，
一枚流浪的黑影。

钟　声

钟响，百里寂静。
旧尘震落，又覆上了新尘。

钟响时，银杏幽喟，黄叶相继离去，
后人开始描述前人的季节，

无言者向背啜泣，保持着震颤的写意
与吟诵。

钟声里有草木，有衣袂。
耕种之手收好了锄具犁耙，

抖袖持肩，待余音散去后，
不耽搁收割，翻土，捆燕麦。

钟声轻，钟声栖上树枝，
遁入白云或巨石，如歌者认归了缄默。

钟声昭示沉思，西风是必经之路，
一阵清幽声像一个人自酿的痛苦，
只用来拒绝。

而安详和普度离人心最近，
被背叛一次，复活一次，
与钟声保持着一缕一缕的沉入。

与钟声，在某个黎明的时刻，
为渺小者表达过贫弱心和不眠夜。

月　光

月光轻、干净。
一束放在我心里冷却，
谁也别想碰它。
祖母用过的，我拿来享祀
——一介纪念品如承载，
亦在启示。我担心
它被荣辱得失取来取去，
会不会变成薄薄的一层。

头　羊

野花倾斜，过微风。
飞鸟配一朵闲云，
抵挡着枯草上的卑微与病。
一群镇定自若的绵羊，
被山坡那头的表情不断地
试探着。

头羊沉默，食草，锋刃一样
陷入。想必它有对彼岸的追问，
但又保持着克制。

宁可徘徊，以迟疑的步伐

抵抗内心的指向，也绝不回头
与身后任何一只有同样想法的家伙
撞在一起。

以热爱的名义

以热爱的名义，黄河和长江
被提供了无数次的合唱。
"奔腾，咆哮，豪迈，辽阔……"

可站在天上的人并不这么看。
映在他眼里的白光，真切地
是点缀在峰峦褶皱里的两朵浪花：

沉默、理智，且不辜负小麦、玉米、
棉花，这些俗世的稼穑。

宅　境

我喜欢浪费甜蜜的祝词，
从一朵苹果花一直到它累累的果实。

我赞美它——
与薄凉、逆光、雾霭构成的差别，
没有裂痕地结实，一步步甜下去。

我喜欢挂在绳上的衣物，
离开人体，沥干多余的水分
像获得了一切的准许。

我赞美它的自由，在阳光下
细细的碎花成倍地荡漾着香气

和自身的空旷。

我赞美半开的门，此刻朝阳，
所剩的宽度不多。一段摩擦关在里面，
穿制服的人瞥见室内，

但不足以使一床、一桌、一错句
被轻易推开。

我喜欢小宅境，闭上眼睛，
赞美转身抵达的迎接和平凡的事：

每一个都接受另一个的分歧，
然后和解。每一个都身无长物，
只剩下了"我们"。

致十岁女儿书

现在，我品尝的收成，
是你眼中的赤橙黄绿，是你学会的
越来越多的字。

现在我以渺小之心煮饭洗衣，
擦拭灶台。熟练地给你削苹果、
梨子，踏入人工合成的教科书。

对于一个重复我生存和消亡的人，
是一次成功用尽了另一次，
又是一次失败起于失败。

年复一年，心在不停地问，

石头、云彩、星宿和碑诗不停地说，
唯有你，才是我偏听偏信的部分。

你玩驰的生长是我走宽人间的发言权。
你的泪水不涉及忧患，
却是我的大雨。

打扰了

打扰了，小虫子。
我咯吱咯吱地走在草地上，
是你用最轻的力量
将我举起的？
但我必然辜负了你，
说好的分界线，
每次都是你，歪歪扭扭地侧身，
让开狭小的身体。
我必然是辜负你的，
我与人世混为一体，
就是揶揄你的物证。
而你，一无所知，
只用对好人的尊重
来回应我。

石壁与野花

那块石壁的跟前
长出了一朵野花。

像是在一个极偏僻的地方
安放了童心。

它们全都承认自身的孤独。
只不过，一个似先知，自省。
是我们一直想抵达的去处。

另一个两手空空，等凋落，
懵懂无知地爱这个世界。

它们像好不容易走到一起的，
再无未竟之事。

又确定是彼此的轮回，
都保持着被解救的样子。

（选自张晓雪诗集《石壁与野花》，长江文艺出版社 2023 年 8 月）

《下一页》诗选

/ 李斌平

饲蚁记

一只蚂蚁，那么小，小到连影子都没有
爬到纸上，弄不出
一丁点声息。这里没有它需要的食物

为了不令它失望，我写下一个字：米
让它背回家

听风记

用数量词，一片
和风组词
这样，风就有了质感、形状和
重量
像一首诗，有了意象和张力
一片风，像叶子那么大
那么重
就有了生命
从叶芽，到葱茏，到枯黄，到凋零的过程
看一片风
站在树下
看一片一片叶子

怎样落尽我们的一生

下一页

一声啼哭，是入世的前言
上一页，已为你的下一页埋下
伏笔。谁知下一页会
发生怎样的转折
一张薄纸，承风，也载雨
边缘暗藏锋芒。裸露的伤口
借一个字，给自己止血

翻下去，别无选择
命运会在下一页等你

自画像

画轮廓。明暗分明。除了还有点线条
这一生少色彩，炭笔即可
横眉，不谄媚
额头平坦，不是一个陡峭的人
几十年风风雨雨，一头凌乱的发
无暇去顾及。当鱼尾纹过早爬上
眼角，岁月多么慌张

路还长
我只把脸朝向光的一面

中　年

不时有风吹来
灯光恍惚。孩子均匀的呼吸

妻子赌气背过去的身子
母亲偶尔几声压低嗓门的咳嗽
草丛中唱歌谣的小虫子
不知道人间疾苦

离天亮还远。轻轻翻下身
哦，这长夜，这中年的辗转反侧

旧棉袄

那件旧棉袄，把母亲脱下来
把她身上的痛脱下来
把语言，从她身体里脱下
一件旧袄的棉里
有母亲的气息，病的气息

那件旧棉袄，完完全全把母亲
从尘世脱了下来
再也穿不回去了
一件旧棉袄，替母亲活着

让娘再活一会儿

墓前，点开手机视频
是一段短暂的影像

娘活得很好
让我的娘再活一会儿

元宵之月

怎么比喻，都离不开这空寂之物

形状，色泽，醪醋的味道，母亲的味道

世间仅此一粒。在异乡
你、我、他，谁又不是望梅止渴之人

泥菩萨

母亲敬的灶神，是泥砌的
神龛上，父亲敬的神是泥塑的

他们在泥里种五谷
栽棉花，种蔬菜，除杂草
影子倒映泥水中
身子伏在泥土上
农具沾的是泥
话是土语，有黏性
一辈子，单薄的肉身
滚的是一身泥

他们终于把自己熬成了
我的两尊泥菩萨

一个人的嘀咕

雨对禾的嘀咕，你不懂
树对风的嘀咕，你不懂

少妇对腹中婴儿的嘀咕，你不懂
船对岸的嘀咕，你不懂

一道伤口对疼痛的嘀咕，你不懂
母亲跪在菩萨面前的嘀咕，你不懂

一束光，侧身擦过缝隙

与妻书

转过脸，已是三十五年后
十八度的故乡。而宁波，小雨，微寒
昨天，睡衣上的纽扣掉了一粒
风钻进胸口。试着穿过几次针线
岁月那么长，针眼逼仄，终究未果
这件事没告诉你，担心你唠叨
顺便从相册翻出旧照片

草那么绿，没变一点颜色
多年过去了，你还坐在那儿

李斌平

无任何深意。作为传承
这七个笔画的姓
像七根肋骨，它让我想到盘根错节的
树根。我曾想用最好的结局
来诠释另一代人的期许
而命运，总让自己在尴与尬之间徘徊
在上一辈与下一辈之间
徘徊。在故乡与异乡之间徘徊

多年来，我羞于回到江东。只用这
简单的姓与名，做人世的替身

（选自李斌平诗集《下一页》，长江文艺出版社 2023 年 9 月）

花园时光：W.S. 默温最后的诗

/ W.S. 默温[1] 著

/ 柳向阳 译

清 晨

我会这样爱它吗，如果它能持续

我会这样爱它吗，如果它是

整个天空，唯一的天堂

或者如果我能相信它属于我

只属于我一个人所有

或者，如果我想象它注意到我

认出了我，可能已经来看望我了

来自我从不知道的所有清晨

和我已经忘记的那些清晨

我会这样爱它吗，如果我在别处

或者如果我第一次变得更年轻

---

[1] W.S. 默温（W. S. Merwin, 1927—2019），美国诗人，诗歌译者，美国桂冠诗人（2010）。1952 年获耶鲁青年诗人奖，出版处女诗集《门神的面具》，一生出版五十余部诗集和散文集、多部翻译作品集，获普利策诗歌奖（诗集《扛梯子的人》，1971；《天狼星的影子》，2009）、全美图书奖（诗选《迁徙》，2005）、笔会翻译作品奖。本文诗作选自默温出版的最后一部诗集《花园时光》（2016）。

或者眼前这些鸟不是正在唱歌
或者我听不到它们或看不到这些树
我会这样爱它吗，如果我正遭受痛苦
身体的红色折磨或悲伤的灰色空虚
我会这样爱它吗，如果我知道
我会记得此刻在这里的任何事物
任何事物任何事物

别的黑暗

有时在黑暗中我发现自己
在一个我似乎在另一时间
已经熟悉的地方
我想知道
经历了我不曾见过的日出和日落
它是否已经改变
我记得的那些事物
是否还在我记得它们的地方
倘使我的手在当下的黑暗中
碰触到它们，我会认得它们吗
它们会认得我吗，它们
这段时间一直在黑暗中
等待我吗

不早不晚

是我来到了这个年纪
还是年纪来到了我身上
哪一个带来了所有这些
沉默的意象在它们朦胧的河上
显现着消逝着像这条河一样
都不置一词虽然它们都知道我

我能明白它们总是知道在哪儿找到我
给我带来它们知道我能认出的东西
它们知道只有我能认出的东西
给我看我以前不可能见过的东西
然后留下我去弄明白我自己的疑问
消逝着不做任何许诺

金龟子之问

从完全的阴影中你们的声音响起
在五月最后一个上午结束时
（按我们日历上对这个月份的称呼）
但你们从哪儿开始变得不计其数
今天中午之前你们从哪儿来
你们记得什么，当乘着一个音符
从光线昏暗处进入光亮里
你们的音符是你们光芒的节拍
正像太阳那样抵达一次
但此前你们在哪里，你们从哪里来
在变成今天的模样以前

从我们的阴影中

有那么多词语表达悲伤
而鲜少词语表达快乐
也许没有一个
能够描述
那眼秘密泉水
从词语前面涌出的声音
虽然当它的嗓音
在我们内心响起时
我们希望能

向别人描述它
如果他们愿意停下来倾听
谈论
超越词语的东西
悲伤就可能在幸福之中
在我们内心升起
快乐可能在巨大的悲伤之中
令人意外地占有我们
它们两个都认得我们
从我们来这里之前就认识了
但如果我们对它们说话
只有悲伤逗留不去
听我们说完
快乐却消失不见
也许会等着我们
在我们最意想不到的地方

万物之声

雨停了
你从未听到它停
然后从树上滴滴沥沥，然后
谁能听到雨水不再洒落
不再到来，然后
不再到来
其他事情必定也正这样发生
在我们周围却听不到
你从未听到那只狗停止吠叫
无论你是否在听
我们听到事物发动，继续
呼喊，尖叫，歌唱
说你好说再见，但听不到

停止的声音
万物之道即如此吗
停止没有声音吗
"停止"停下来的时候
没有声音吗
然后没有声音
没有停止

黑樱桃

五月已晚，当光亮变长
迫近夏天，年幼的金翅雀
一整日扑棱而下，第一次
发现它们身在飘落的花瓣间
正轻摇着白日的色彩
在旧屋旁花园白日的阴影里
一季无雨的寒春之后
听不到来自空空村庄的声音
我站在那儿吃着来自头顶
果实累累的树枝上的黑樱桃
对自己说"记住"这一切

五月底的清晨

他们昨天收割了长牧场
从房子下面向外，直到橡树林
和灰树林边界，黄鹂又开始歌唱
在山谷上空，这个静止的清晨
梳理后的地垄恣意伸展着长度
飘拂过睡眠进入黎明的边缘
鬼魂们经过这里回家，涉过割下的青草
堆成的面包，沿着尚未醒来的地垄

鬼魂们从那片核桃树下进来——
核桃树比我记得的任何人都年老
我出生时它们已经在那里生长多年
此刻天光填满空空的地垄
古老的树木把阴影聚集在自己下方
整日守护着黑暗皇后

回忆夏天

太暖和，那位年长女士对我说
比太冷要好，如今我想
介于中间才最好，因为你根本
不想这事，但那样过得太快
我记得有个冬天多么冷
我到哪儿都暖和不起来
但我从不记得有夏天热成那样
只记得漫长白日，树木的呼吸
夜晚时母鸡仍在小路上交谈
山谷中光亮变长
有钟声从下面某个地方传来
此刻我坐在这里还能听到

秋分后的光亮

光亮在清晨树林的高处嬉戏
它只把时间用来嬉戏
它停下，在高处保持静止
鸟儿和它一起停下，悄无声息
永远不知道那样持续了多久
然后鸽群在另一个年代再次醒来
白色足印在棕榈树的长叶上
开始舒缓的舞蹈，带着影子的足印

舞者移动在影子的臂膀里
影子正在寂静中欢庆秋分
欢庆光亮的离去
漫长夏天被记住的日子

破晓时的雨

一滴一叶，雨滴找到了它们自己的树叶
其他的纷纷追随，像故事铺展
它们在苏醒的鸽群中到来，无人看见
鸽群从山谷的睡眠中应答
没有其他声音或其他时间

夏日天空

阳光注满树叶，七月在蝴蝶间浮游
我从出生那天起一直在接近这清晨的光亮
我曾独坐高窗边，寂静中看见它的童年
再没人看见它，再没人会认出它
此刻是同一个孩子望着这浮云变幻
它们自视野之外出现，变幻，正如此刻穿过它们

光亮的翅膀

光亮出现，把万物给我们看
它展现绚丽，它称之为万物
但它把万物给我们每个人单独看
只有一次而且只是看
不能触摸或留在我们的影子里
我们看到的从来不是我们触摸的
我们获取的，结果是其他事物
我们一时看到的又原封不动地离开

而其他影子聚集在我们周围
世界的影子和我们自己的缠绕在一起
我们已忘记它们但它们认识我们
它们记得我们从前的素常模样
在第一个影子到来前它们已在此自在如家
除了影子，万物都将离开我们
但影子携带着整个故事
在第一缕曙光中张开它们长长的翅膀

蜻蜓之后

蜻蜓像阳光一样常见
悬停在它们自己的日子里
向后，向前，侧身
仿佛它们是记忆中的事物
此刻，成年人匆匆忙忙
他们从来看不到一只
更不知道他们
没看到什么
蜻蜓两翼上的脉纹
是用光做的
树叶上的脉纹熟悉它们
和流淌的河水
蜻蜓来自水的颜色
知道它们自己的风格
当我们出现在它们的眼里
我们是陌生人
它们飞走时随身带走了它们的光
没有一只蜻蜓会记得我们

大　江

李白，小舟已逝
它载了你一万里
顺流而下，一路上
长臂猿在两岸啼叫
此刻猿声已逝，它们
啼叫时的森林已逝，你已逝
你听到的每个声音已逝
此刻只有大江
径自流淌

莫里斯·格雷夫斯的《盲鸟》

如今这是我们能彼此理解的唯一方式
这是我能倾听你的唯一方式
我们的脚缠绕在被称作世界的
白色毛线团里

这就是那些拿着令人眼花的别针的人
后来再无法听到的方式
哈代告诉我，很早以前他曾看到你的一位祖先
那是我在这儿出生以前，还在黑暗中的时候

而后来我得知，那些拿着别针的人
变得听不到你的声音，当你一直对自己
歌唱，你清晰的声音一直
从你祖先的和弦与大合唱中升起

如今当我细听，我听到你的声音中
有被遗忘的自由正飞跃岩石

一直飞呀飞，而岩石也在歌唱
在你下方无尽的寂静中——
世界在那里继续开始

地图制作者

维米尔的地理学家继续从窗子里 [1]
向外看着他独自看见的
世界，而房间里，在他周围
那片光亮不曾移动，不像那几个世纪
旋转，在寂静中，在云朵后面
在树叶、季节和人群之外
他从窗子里还没有看到这些
他看到的世界就在那儿，正如我们看到他
正从窗子里向外看着那片光亮

白日的呼吸

昨夜我睡在海底，在汪洋中
一片深度不明的地方
早晨，是一段向上的长路
穿过一个寂静国家的黑暗街道
空荡荡的房屋里没有言语
直到我几乎抵达了一个
我从未见过的清晨的表面
那时一阵微风吹来，我开始
记起那些新生树叶的嗓音
它们飘拂的声音在阳光触摸前
已经找到它们，已经召唤了它们

---

[1] 维米尔（Jan Vermeer van Delft, 1632-1675），荷兰画家，名作有《戴珍珠耳环的少女》《花边女工》等。此诗是对其画作《地理学家》的描绘和想象。

以其一劳永逸的权威
树叶一直在对它窃窃私语
此时大海已经消失

黑　板

这问题本身还没有变化
只除了记忆的深度
它透过记忆而起，如今在一个迟来的
童年之梦里，我父亲是一块黑板
我刚刚擦过它，此刻正背对它
站着，拿着那块破旧的灰色
毛毡黑板擦，我们随后会把它带到
校园里，把它和今天使用的
其他黑板擦轻轻碰撞
轻碰时白色粉尘像雾一样腾起
稀薄的痕迹会在我们头顶上
漂浮片刻，然后消失
再没有什么从旧黑板擦上扬起
几乎是干净的，那么我父亲怎么会
出现在黑板上呢？也许
是因为他喜欢称之为
不作为的那些罪，这听起来让人印象深刻
他认为会给听众们留下深刻印象
而今它们在哪里，不作为的罪
粉尘、校园还有那个梦在哪里
如今我甚至正在忘记它们

忏悔录

哦是的
有一盏石灯

我第一次看到它时就渴望得到

它并非处于生命的初期

而是很古老，在黑暗和寂静中

等待着，在一个满是灰尘的房间里

一张堆满被忘记的遗物的圆桌上

在从欧里亚克[1]出来的一条小路旁

时间太久，我现在已经记不清

一盏石灯，凳子那么高

面向四季中的每一季

没有点燃，等着我

那一次带回家

它知道整条没有照亮的路

而我看不清

这次之后我一直渴望得到它

在今年九月底

十月之夜

闪亮山谷的遥远的另一边

一只狗像布谷鸟对着陌生的光线吠叫

当我穿过未开灯的房间悄悄出去看夜色

我的爱人宝拉也纹丝不动

我能看见的星星和我永远看不见的星星

将永远不会回到

它们此刻所处的位置

我们可以淋一点儿雨，但天空

看不到一丝云彩

微风几乎吹不到我们

我们认为属于十月份的满月

在高大棕榈树的叶片之上闪耀

---

[1] 欧里亚克（Aurillac），法国西南部城市，康塔尔省的省会。

我们同在此地而不知道
它正以超过思考的速度飞行
那只狗已停止了吠叫，夜晚一片寂静

鸿　雁

总是为那些动物，我才最悲伤
为我看见过的动物，为那些
只是听到过的或梦见的
或关在笼子里的、躺在路边的
为那些被遗忘的和被长久记得的
为那些遗失了再没有发现的
在人类中间，有些话语我们都知道
即使我们不说它们，虽然
我们说到它们时总是不充分
但它们总在那儿，如果我们想要它们
当有时涉及动物，只要它存在
总会有唯一的存在，然后是
唯一的缺席，在中国所有被书写的伟大智慧里
没有言辞可以表达
动物在何处，它们何时消失不见
了解这一切的祖先在哪里
没有它们，所有智慧的词语都只是些沙粒
在沙丘上抽动，那里的森林
曾用它们回响的古老语言低吟
而动物们知道它们在林间如何生活
只有在古老的诗中，它们才得以存活
长臂猿在峡谷中啼叫
古老的词语都在加深这伟大的缺席
这所有消失之物的广阔无边
它仍在那里，当贬谪中的诗人
很久以前抬头仰望，听见

遥遥上空有鸿雁正飞往故乡

只有此刻

我们曾以为我们会单单回忆起
我们那时前往的地方而忘记其他
但此刻我们记得的却是那次出行
记得的是那条陪伴我们的路
再没有别人，我们前往的
那个地方甚至当时也不在那里
它在那里早已被人忘记
然而我们记得我们渡过的那条河
它离我们远去之处的石桥和老树
还有我们头顶的那只小蓝鸲和它的
隐蔽的鸟巢，它正往巢穴带回
它找到的东西，我们从那儿去了哪里
我们那时看到的一切都没有名字
河水在我们身后继续流淌

牛　铃

已是半生，自从有人把它
送给我，在它发出的鸣声
与那些牛以及更早的牛一起消失
多年之后，那些牛
跟随铃声走过那条旧巷，像孩子们回应
从不认识的祖先的名字
孩子们对他们一无所知
他们也许已被用作前人的名字
只有那个名字残留，正如从牧羊人的壁炉里拿出来的
这只牛铃，这是他的
富裕日子的残余，曾经富得

拥有一头牛。他把它放在我手里
说你是这里的人，拿去拿去
它的声音会让你记住
他没有告诉我它的声音里
没有问题也没有地方或承诺
只有一次发出一个音符的鸣声

静　水

山顶上空的云是它的祖先
细雨在隐秘峭壁间的溪流中积聚
每条脉管都在寻找流向自己家族的路
汇入它们并聚积速度寻找自己的嗓音
随身带走片片星光月光日光
向下穿过荒野的远方

穿过飞翔和遗忘之梦
归属却分离之梦
此刻它终于躺在那里偎依着青草地
轻轻捧着空阔天空的寂静
这就是它一直流向的此刻
这就是它永远看不见的面容

没有暮色

此刻看起来多么突然：白天
结束，在这岛上我已经活过了
我生命中这些迟暮的幸福年月
宝拉一直和我在一起
当白天结束，没有暮色
白天的树荫瞬间消失
刚才它在这里，和所有之前消失的
以同样的方式消失在同一个夜里

在那里时间意味着一切都不可见
光亮离去后，我抬起头
当听见一粒果实在黑暗中某处落下

春天前夜

/ 根纳季·艾基[1] 著
/ 骆家 译

道

假如谁也不爱我们
我们开始
爱母亲

假如谁也不给我们写信
我们回忆
老朋友

我们说话只因为
我们害怕沉默
且出门危险

---

[1] 根纳季·艾基（Gennadiy Aygi, 1934—2006），俄罗斯诗人、翻译家，1934年生于苏联楚瓦什自治共和国沙伊穆尔金诺，早期用楚瓦什语写作并出版近十本诗集；后在帕斯捷尔纳克的影响和建议下，改为主要使用俄语写作，同时将大量海外经典诗歌翻译成楚瓦什语。艾基与曼德尔施塔姆、帕斯捷尔纳克一起，组成了20世纪俄罗斯诗歌的金链，他生前多次获诺贝尔文学奖提名，于2006年在莫斯科病逝。

最后——在那些偶遇的荒废公园
我们为可怜的小号
和苦脸乐手们哭泣

1959

寂　静

似乎
穿过血红色的树枝
你才能抵达光明。

甚至此刻的梦也好像
肌腱织成的网。

还能怎样，我们此生
不过游戏人间。

那里只有——
云朵的避难所，
和上帝之梦的
篱笆
和被我们打破的、我们的寂静，

用底部某处之物
我们让寂静
看得见也听得清。

我们此刻说着话
语气、口吻各不相同
但没有谁会听见

我们真实的声音，

颜色一旦变得至纯至净，
我们将无法彼此辨认。

人　们

太多的夜
一排排椅子、门框和橱柜
我靠手推
肩扛
送它们踏上熟悉

却又未知之路。

我没发现，
这些对人们有何影响。
必须承认：跟他们交谈时，
我心里想着用手指测量

他们眉毛的弧线。

他们到处都是
为了我别忘记
有人存在的生活，

日复一日，年又一年
为了跟他们告别，

一个想法冒出来，
我想要确认，
他们钢琴上的亮点

都有自己的亲戚

在医院和监狱里。

1960

雪

隔着近雪
窗台上的花显得不同。

请你对我微笑哪怕是因为
我没说，
连我自己都从来不懂的话。
我能给你说的包括：

椅子、雪、睫毛、灯。

我的双手
平凡又遥远，

窗棂
好像用洁白的纸裁剪，

那里，它们的后面，
街灯附近，
雪花飞旋

从我们童年之始。

雪还会继续飞舞，大地上
当人们把你记起并和你谈天。

曾几何时，这些银色雪片
我已真切遇见，
可闭上眼睛，我再无法睁开，
亮晶晶的星星闪烁，

想要让它们停止
我不能。

1960

春天前夜

门厅的光线暗下来
那里有个很吓人、穿着衣服的怪物
不知是树影还是什么小动物
仿佛岛屿熊熊在燃烧
无法理喻的危险之物在浮游

大公鸡用嘶鸣预警滑坡
来自大地遥远的土方
但黑暗仍留住自己的躯干与远处
绵延的凹陷用看不见的烈火

为给白色的旷野烧荒
为林中草地遮阳

1964

推荐

推荐

/ 李以亮

作为曾经的文学青年，黄旭峰有过炽烈的诗歌梦想，写过许多充满奇崛想象力的高蹈诗篇。他还曾将文艺生活方式具体实践到个人现实的生活之中，几经波折之后才开始了怀揣理想的北漂生活。我发现正是从那时开始，黄旭峰的诗歌写作有了很大的变化。在接下来的几年之中，我不知道是因为其文化与人生视野显著的扩大，还是时间终于在他身上开口说话，他的诗句所压实的信息密度和情感密度，都有了明显的加强，他的语言方式开始打上了个人性格的标记。看得出，他已经找到自己的声音，这声音依然简洁清脆、干净利落，不乏锋利却摆脱了青春期里因为过度的天真而造成的虚浮与轻易。总之，他的诗歌开始变得更为实沉也更为厚重了。他的诗的雄辩得到了沉默的支援，他的诗在决绝和犹疑的地带，艰难地寻找着和解的途径。这并不容易，所以他也偶有失手，但是，从整体上说，我看见了一个诗人在精神与诗艺上不断的精进与可期待的成熟。

你该怎样去安慰因为一颗糖而悲伤的孩子

／ 黄旭峰

我喜欢的人

我喜欢那些清楚的人
三句话能说明白一件事情
我喜欢那些简单的人
一句话就是一句话的意思
我喜欢那些善良的人
什么话不说，有羊群吃草时
温柔怜悯的眼神
——从天亮到天黑
又从天黑到天亮
漫长的四季轮换，星移斗转
因为他们
我才敢说喜欢这里的生活
我与这些怀揣各自疼痛的人们
由于长久地待在一起
所造成的悲喜交加的生活
我甚至因此开始喜欢那些恶人
作为一种对立
乃至善的必要补充
携带一门阴暗的知识
提示地狱的普遍和可能

咀　嚼

我慢慢咀嚼饭菜
填充虚空的胃

我慢慢咀嚼药草
饲养苦涩的病

我慢慢咀嚼电灯和玻璃
治疗眼睛的黑

我慢慢咀嚼你，犹豫再三
释放出一头隐忍的豹子

我慢慢咀嚼
没有什么东西可以
随随便便死去或消失

疯舅舅

你崇拜一个精瘦怕光的人
你从一个比天堂还高的地方跌落下来
拍拍钻进头脑的灰尘
变成姥姥另一个不认识的儿子

一个姑娘在邻村等了你五年
盼着你能重新说一句悄悄话
最终嫁人，生儿育女

你狂笑着活着
尖叫着活着

像一头自由自在的野兽
你让人们在瞬间原形毕露
表现出对另一个生命的厌弃

在那间潮湿肮脏的黑屋子里
你挣扎着的阴郁面孔
被一根铁链勒出的白骨
使我过早地看见了疯狂的恐怖

如果记忆中的这个人是你
那在照片中挺立的英武军人又是谁
母亲用一句话就打湿了疼痛：
一个人得什么病，哪怕是癌症
就是不能疯掉——
可一个人怎么就可以疯掉呢

舅舅，那一年你真的吓坏了我
让我在漫长的生活中反复遗忘你
又反复梦见你
梦见你用铁青的胡子扎我的脸
梦见你骑在离弦的箭矢上飞跑

四个字母

L

一个决心。我掏出身体里的黑暗
那慢慢变矮的影子
让它低于你的眼睛
让它不离不弃

O

一个暗示。洞穴——
全部梦境的真正核心
生活把它译作妓院
或者光环、绳套、一声不可揣度的叫喊

V

一个手势。两片孤单的翅膀沿同一个方向
飞行，像果核里微苦的情人
被年轻的舌头品尝，又吐弃
不会被种植

E

一张表格。又一张表格
在单调重复的故事开始之前
矫正着视力，家谱，椅子和臀部
上，下，左，右

你该怎样去安慰因为一颗糖而悲伤的孩子

他不说话
睁大好吃的眼睛
守在钟摆下的糖罐旁
你们走来走去
像钟摆一样
走来走去
小心翼翼或者
大大咧咧地笑，哄骗

变成很小的一些人
和他的泪水一起在眼眶里打转
然后离开
塞给他大把五颜六色的糖果
好大的糖果啊

有一天

母亲做完饭，我们坐下
喝白酒
有一句没一句地说话
都是些陈年旧事
从她几岁开始辍学
放猪弄丢被姥姥痛打
到如今将近七十岁
屡屡想起一个早逝命苦的姐妹
比起来她说她活赚了
午后非常安静
小区广场偶尔传来几声孩子的喊叫
阳光在厨房缓缓挪动
我端着酒杯
想着这人世的不易和温暖
突然流下泪来

慰　藉
——母亲 60 岁生日

与日月同辉的，是辛劳诚实的慰藉
如今，你得到安宁和福报
你原谅了生活，生活回赠给你衰老和慈祥

今夜的江堤上，你继续素装亮相

就像身后的一段江水，在一曲悲迂的楚剧里
以沉拙的声腔，缓缓铺开光阴的皱褶

给塔可夫斯基写一首诗

我所见过的泥淖深陷的人
都擅长于自得其乐
作为他们之中的业余分子
我显得过于焦虑，心事重重
夜晚密布在街道上
时间以不规则的手掌敲打门楣
我每每似睡非睡，充耳不闻
睁大疲倦的眼睛
坐到一张光影交叠的幕布前
一旦耳畔响起的欢乐颂
跟猛烈的洪水一样涌来
淹没我，我就变成一条搁浅的鲸鱼
回忆会自动呈现出屋宇的轮廓
有着湛蓝天空的宁静和宽容

北海公园

桥头长椅，一件裹紧的衣领上
有老年遒劲而悠扬的笛声
城中的湖水，雾霭缥缈
那些在傍晚游览历史的人恍如历史
你也是其中之一，散漫，随意
兴之所至地极目四顾，吐纳胸臆
仅仅描述一幅皱缩的山水是不够的
这俗世的风景，含有你的体温
也容纳迎面鱼贯而来的陌生面孔
它们与外面熙攘嘈杂的街道、初上的霓虹

共同构筑这个冬天的尘世

你的疲倦和感叹，是唯一的陈词滥调

纪念我的老师，胡少雄

睿智不羁的人师

冷嘲热讽和不屑一顾的高手

名动一方的书法家

专业的路边象棋看客

业余的乡村风水师

广受欢迎的酒宴参加人

狂热的武侠小说爱好者

两个苦孩子的父亲

烟鬼

邋遢鬼

中药罐子

离异的鳏夫

老师，你骄傲、自负、谈笑风生又穷困潦倒的一生

终于被你恣意地挥霍完了

我为你感到高兴

突然想起鄂州

在长安街的天桥上

看那些望不到头的车流

它们日夜奔涌，噪声状若洪钟

我想，饲养这座庞大的城市

除了这种经久不息的震颤

一定也还有一种更空旷的寂静

在建筑物的海面与云层之间的某处

作为一种平衡，一种悲悯

对天堂受到限制的安抚

如果我站得够高，离它们够远
或许就能听见
这让我突然想起了鄂州
有一年，从西山上下来
立在一块崖石上，我心事缭绕
看见沉浊的江水，似流非流

给檀姜

当柏桦说唐代的手不再回来的时候
那年我 25 岁，爱上了一个虚构的姑娘

这么多年过去了，春风里总有失败的消息
但是也不会比悲哀更多

我想我已经长成一个沉默的坏人了
在一种细雨绵绵的气候里疾走

现在我知道唐代的人是可以回来的
路过你，我微笑，什么话也没说

寒　假

在这只冬天冻皱的肺里
我跑去看你
远远我就望见
你端坐在一把椅子上
安详地呼吸，喝茶

我朝你走过来
有力的握手使我倍感亲切
忘记我们多年未遇

你依旧那样健谈

从前多么危险，你说
我们像两个馋嘴的孩子
紧张地牵着手
站在钟摆下的蜜罐旁
你停顿了一下——

伸出变胖的手摸沉思的下巴
用很小的声音告诉我
你已爱上了这座城市
随时准备与它一起烂掉

接着我不断听见
脆薄的阳光
在你坚决的脸上折断的声音

在山坡上

我什么也没做
在山坡上
和狗尾巴草躺在一起
看太阳下山
灰白的炊烟从青瓦屋顶升起
祖母躺在我的旁边
紧挨着祖父
他们谁都没有说话
安静地和我躺在一起
看着天色
慢慢黑下来
星星一颗接一颗缀满夜空
然后我起身

拍打尘土
朝着村中的灯火
驱赶围在我们四周的蟋蟀
和他们愈来愈响亮的叫声

新　年

这是最后一个夜晚
在我的行走里
进入下一个年轮

我遇上了很多的人
表情和善，笑容可亲
从一个个叫作家的地方鱼贯而出
来到大街上

突然想起出门的时候
母亲坐在厨房里，打毛衣
哼京剧
父亲值夜班去了

一路上我都在想你在干什么
我想告诉你
我看见烟花妖艳
爆竹翻脸成灰

亲爱的，你看见了吗

塔尔寺

学会奔跑以前
那些安静的石头全部是狮子

就像痛哭的孩子

原谅了迟到的糖果

让欲念对称于敬畏之心

我从很远的地方赶来

有一阵风，从原上吹来拂过我

拂过年轻的喇嘛

被阳光晒伤的笑容，终年积雪的琉璃

如果我没有爱过什么

当我冷时，我就是冷的

受苦的心，日夜匍匐

攀在慈悲的山顶

刘芳　绘
《栀子花开》
2015 年
宣纸水墨
46cm × 69cm

中国诗歌网诗选

牧道如绳

/ 施云

在乌蒙之巅的十八万亩草山上
牧道如绳，时刻勒紧牧羊人
被寒凉裹紧的命运。羊肉上涨时
草场的草已经枯萎。草鲜嫩时
羊瘦骨嶙峋，犹如遍布故乡的
陡峭又贫瘠的山梁，不可能
开垦出肥沃的土地，羊群骨瘦
如藤，勒不紧牧羊人枯草的命运
我曾走过其中几段牧道，犹如
故乡山林里干枯的藤条，拐弯处
仿佛再勒紧一点点就会折断
经常有云影擦拭却从未擦拭干净
每个拐点都是危险点，暗藏着
白刀子进去红刀子出来的恐惧，这些
没有一只羊知道，就像羊不知道
牧羊人的悲伤，羊只知道鞭子扬起
身上就会疼痛，就得遵守牧羊人
制定的规矩，不再越过指定的路线
牧道如绳，拴着的又何止牧羊人
牧羊的命运？在某些特定时段
乌蒙之巅的鹰也是孤独又饥饿的
牧道不断在勒紧，被束缚的山峰
仿佛有了无数根系紧羞愧的腰带
每个走过的人和每头走过的羊
仿佛都是绣在腰带上的花纹的针脚

孝肃桥

/ 黄玲君

两个人，傍晚的桥头右侧，稍事
停留，走上卵石小径
他们长途跋涉而来，累了
目光是直的
脚步也是。他们并不看对方
交谈更像自语，吻合
身后这冬天石堤的简洁冰冷
他们谈论着眼前这座桥，或者从未曾提及

小火车

/ 马泽平

电影中的小女孩哭着对妈妈说
火车可能再也进不了站了
我理解她的难过，我也曾渴望火车
准确停靠在我的车站
渴望有人擦亮带污渍的车窗玻璃
有人空着双手走过月台
我专注地听火车响动
甚至忽略了雪什么时候下起
但电影中的小女孩和我不同
她拥有一列完整的蒸汽机头小火车
在她背后的油画中
落日、灯塔、起伏的芒草和模糊鸟影
使房间显得愈发宁静
但现在小火车再也进不了站了
——我们都曾在年少时做梦
又不得不接受命运牵引，驶向风景迥异的黄昏

我也是海
/ 张启华

三十年前，我唯一的手艺就是砍树
坐火车去茂名电白砍树
砍一天树，有十块钱的酬劳
如果把汗水收集到盆里
那就是另一片海。傍晚
我平静地坐在落日对面
我这副面孔，武陵山里多的是
不过，我觉得它一眼
就认出了我，因为我在砍树之余
还读二十四史，带着
我唯一的手艺和另一片海

独弦琴
/ 黎落

我沉醉于那声音。
那绷直的技巧：三围立体世界，我聆听的使命
来自唯一孤独的钢丝

"必须殚精竭虑，贯彻力给平衡木两端，像领略
伟大和精细"
但你只从乌鸫的视觉出发
我的听见会有怎样的折曲或回环吗？一只擅长拟声的鸟

从腹腔出来，在最高的断崖，像黑色弹壳。

哦。我迷恋音乐里的独幕剧。譬如做只自言自语的黑鸟
甘心拔光时间的羽毛，或者运用口技

震动空气产生势能——

一面海倾覆它的窠臼，蓝色流了一地。我扶起这深蓝——
我步入：和弦的泼墨山水

多么荒诞。顺着中年
一直没能找回我的独弦琴。甚至天真
我弹了个响指：空阔的房间，有点微微的甜腥味
从卫生间的水龙头滴落

白　鹤
／ 李米

我确信，白鹤
一直参与我的生活

有时，它像我超市拎回的
白色塑料袋：蔬菜，水果
在清晨的风里，互致问候

有时，它像我夜灯下的一碗白粥
清亮，分明。经由时间的熬煮
而通透。一种温热的哲学

更多时候，它是我白纸上的文字
我探寻摸索经年，一无所得
只有将长喙不断向内
一些凌乱、模糊及更多的未知

白鹤躬身于我的日常
高于或隐于背后的
翅膀

桥

/ 孤山云

几乎在涉水、涉深的位置上，
就出现桥。

桥没有自己的方向。
它必须按着，
一条河，或者一座山谷的走向
而安排自己的位置。

对此它毫无怨言，
它追求稳固，与便当。

它不懂此岸，或者彼岸，
甚至它从来没有说出一句真理
或箴言。
它的存在，
只是一种"渡"。

他总是说，当你把一条路，
越走越窄的时候，
就走到了我的身上。

绣花针

/ 尤言

姐姐：我找到线头和铜顶针了

当年我们坐在竹林里。你教我
绷布、穿针、绣莲花

和鸳鸯戏水。我总是问：水在哪里

——傻丫头，留白的地方就是

你走后。我开始缝补生活的漏洞
在疤痕处
补上芍药、牡丹或者昙花

一颗卑微的心，在小心翼翼的针脚里
——寻找恰如其分的位置

小城赋
/ 来海莲

夜归的人，需要先铲除门前的
积雪，才能进入屋内
零下五十多度的小城，一直有
剔透心，总以鹅毛大雪相赠

母亲说"瑞雪兆丰年"，雪一下就是
大半年，伐木的父亲回来时，会带来
山上的雪，比城里的更白一些

小城春晚，要到五六月，才会有
野杜鹃和扫帚梅，才会有
叽叽喳喳跑出来的孩童

关了一冬天的孩子，压着的野性子
喷涌而出，和路边的车轱辘菜
一样见风就长，就蓬勃

不能再小的城，一条主街就足够

一边通向远方，一边通向山林幽深处
走在上面，都有悦耳的叮咚声

分野的诗

小红书

一个人如何成熟
/ 毛头英

经历亲人的逝世
经历漫长而无望的等待
经历无法挽回的离别
经历欲说还休的孤独
经历无可奈何与无能为力

好久不见，我们到处走走吧

/ 中原一点红

见面的感觉真好
我们漫无目的走在街上
说一路
温暖的废话

善　变
/ 坏心小孩

拯救世界的愿望
从 3 岁时就许下了
在 23 岁的那年
拯救对象变成我自己

抖　音

黄　昏
/ 像海

林子里散落的枯柴
和老人的手一样粗糙
时光一折就断
天黑之前
老人把黄昏带回了村庄

背向世界
/ 陈子瞻

非得要去哪里寻求？
我仅站着不动，
世界于我，
就不过是场背向而驰的风。

从昨日走来
/ 蛙洼

时间会旧，
你一直新着。

"递"烟

/ P

那时候

不懂父亲口中吐出的烟雾

为何呛人，阵阵苍白

如今

终于吸进肺里

才知道，他的未来

用来点燃了，我的现在

你只是一个轻快的梦

/ 西沉

眼睛还未睁开

躯体仍在沉睡

无数个日升月落的日子里

你至今未归

在我乏善可陈的生命里

你只是一个轻快的梦

快　手

恍惚间

/ 任嘲我

厂房附近的草丛里

蚂蚁成群结队在觅食
恍惚间
我成了其中最大的一只

遇见你的时候
/ 槐椿栖枝巷

遇见你的时候，
就像是，心尖种下了春山，
灵魂也能震荡出生命的高喊，
亲爱的，
我们同频，且共振。

扶　桑
/ 落尘白

世界安静，
而你来时却暴雨狂风，
所有的扶桑都娇羞着脸红，
我又怎能不动容。

我
/ 乌柿

我就如生锈的水缸，
盛过的水锈涩又发黄。
心却装着月亮，
寂静而明亮悠长！

孤独者

/ ZYJ

我是孤独的
曾踩着你的脚印
往前走
似乎拥有了
更多的你

B 站

我不是厌世

/ 只能是耀阳了

我不是厌世，只是灯芯燃尽了，
不剩半点光亮，
余温也经不起任何一阵风。

评论与随笔

神话、诗与天问

/ 黄家光　宋琳

黄家光：宋老师好。屈原在《天问》中曾对创世神话和天地自然做了最初的究问，开启了诗歌中独特的传统。在《〈山海经〉传》中，您也有意从创世神话出发，选择从烛龙开始，而没有选择我们更熟悉的盘古，是因为盘古这个形象见诸载籍为后起，而烛龙见于《山海经》为更古？毕竟您在人物选择上，并未单纯限于《山海经》。或者，我想，也许是盘古的形象过于"拟人"，您也许想从非人格的形象出发。

宋琳：屈原无疑是以诗的方式探究创世之谜的第一人。《天问》中的前十二问中，诸如："曰：遂古之初，谁传道之？""圜则九重孰营度之？惟兹何功孰初作之？"都体现了创世者这一"初始的观念"。而且屈原也写到了烛龙——"日安不到烛龙何照？"只是他在他那里似乎没有获得创世资格。我在《迎神曲》中有一节诗是向屈原致敬的："……屈子，叹息的天才，向着初始叩问，／也向着无限……"

在中国创世神话中，盘古流行最广，"盘古开天地"之说几乎无人不知。但盘古之名的确是后起的，始见于三国时期徐整的《三五历纪》："天地混沌如鸡子，盘古生其中。万八千岁，天地开辟，阳清为天，阴浊为地。盘古生其中，一日九变，神于天，圣于地。天日高一丈，地日厚一丈，盘古日长一丈。"盘古（又称盘王）也是西南地区苗、瑶、侗等民族传说中的创世神，很可能徐整是从少数民族歌谣（如"开天辟地歌"）中采用了这个称谓。后来旧题梁任昉所撰的《述异记》说："盘古氏，天地万物之祖也，然则生物始于盘古。"这才使他作为创世神的地位确立下来。至于徐整《五运历年记》所描述的"盘古之君，龙头蛇身，嘘为风雨，吹为雷电"，显然是《山海经》中烛龙（烛阴）形象的翻版，比较《大荒北经》"西北海之外，赤水之北……有神，人面蛇身而赤，直目正乘。其瞑乃晦，其视乃明。不食，不寝，不息，风雨是谒。是烛九阴，是谓烛龙"，及《海外北经》"钟山之神，名曰烛阴，视为昼，瞑为夜，吹为冬，呼为夏，不饮，不食，不息，息为风，身长千里"，这两处想象力惊人的描写，便知后者乃是从前者演化而来。又《西次三经》说："钟山（之神）其子曰鼓，其状如人面而龙身。""鼓"与"古"同音，所以，我们猜测盘古是烛龙之子也不是全无根据。卡西尔在其神话学著作《语言与神话》中说："在词语的这种'同源形似现象'（paronymia）之中，存在着全部神话的根源。"

我以为烛龙最具有创世神资格，而盘古作为烛龙的变体，他的"垂死化身"（见《五运历年记》）之说是很符合宇宙和万物创生的"发生学原理"的，宇宙和万物都是在创世神之死这一伟大的自我献祭时刻产生出来的。我受此启发，在《烛龙》这首诗中重演了那个创世的瞬间。应该承认，我是将衍生神话中的盘古与原初神话中的烛龙复合了。我比较倾向于自然神话学派的某些观点，即每一种神话都以某种自然现象为核心或实体，原初神话尤为如此。例如《圣经》中的造物主耶和华，曾经作为一个不具人格的火山神（参见弗洛伊德《摩西与一神教》）被崇拜。烛龙之死与宇宙创生的同步性表明他是一个神话学者乌西诺（Usener）观念中神祇概念最古老阶段的"瞬息神"。我在作为送神曲的诗集最后一首《合唱：天梯》中写道："没有瞬息神的诞生那关键的一秒，／空间在哪里生长？"即是将烛龙视为瞬息神加以讴歌的，这也呼应了另一个神话学者汉斯·沙勒（Hans Schärer）的观点："从毁灭和死亡中产生出宇宙和新的生命。新的创造是在整个神性的死亡中诞生的。"（转引自米尔西·伊利亚德《宇宙创生神话和"神圣的历史"》）

烛龙的身体化为日月星辰、山川风雨等等，乃是创世神"精神流溢"的象征。此一创世类型与澳大利亚神话中的部落图腾走完生命行程后，"精疲力竭"，自行化为山峦、树木和动物等是同构的。（参见 [俄] 梅列金斯基《神话的诗学——古老的创世神话》）烛龙又称烛阴，而烛阴其实是一个隐喻，即烛照九阴。乌西诺认为"瞬息神"是方生方灭的，而宗教意识的最高境界有待"人格神"概念的形成。"瞬息神"这一原型意象产生于直观："在绝对的直接性中，单个的现象被神话了，这里没有丝毫牵扯到哪怕是最初步的类概念；你看见了在你面前的那一个东西，那个而非其他便是神了。"（《神祇名称》）在古希腊，赫西俄德的《神谱》中的奥林波斯诸神已然属于"人格神"，然而即便是从被割掉的生殖器中化生出巨人族提坦的天神乌拉诺斯，也还不是创世神。柏拉图在《蒂迈欧篇》中提出"宇宙的创造者"概念，并认为众神和众神的后裔都是这个原神创造的，这个原神并无名称，但其性质与一神教的造物主已很接近。我演绎的烛龙不是一位造物主，他与火山神时期的耶和华倒有几分相像。有趣的是，闻一多考证说，"钟山之神烛龙即祝融"，而"祝融是一条火龙，所以又……成为火山的神"（《伏羲考》）。他自毁其身，以成就万物，那个神性播撒的神圣时刻，与《蒂迈欧篇》的原神创造宇宙的计划，"在宇宙中心安放了灵魂，灵魂从那里扩散到整个宇宙，又使之包裹整个宇宙的外表"，是同一种过程。

黄家光：您在此处似乎划分了人格化的创世神和作为演化源头的瞬息神，这让我想到冯契先生讲中国哲学史的时候，将宇宙论区分为"或使说"和"莫为说"。前者认为有一个人格神使世界如此，后者接近于说自然是无为自化的。但他相信后者可以导向唯物主义，不过您似乎是想回到某个更具有神性的源头。这在我看来是很有意思的分歧。联想到这个，是因为在您诗集中，我似乎看到一个从神话时代到历史时代的演变，这是一个从"迎神"到"送神"的过程。某种程度上，是否可以说，这是对历史时代的反思呢？

这又让我联想到去年和一个朋友聊到的一个话题。我们觉得，中国之所以没有（神话）史诗，是因为它所能实现的大部分功能，如大事记、共同体想象等，我们以六经代之，某种程度上，我们过早、过度地历史化了，使我们跳过了"史诗"阶段。也许我讲得有些杂乱，但都是围绕"神话"与自然化的"历史"之间的关系展开的，我觉得这是您诗中隐含的一个脉络。而您似乎认为，神话不应该被历史如此这般吞噬掉。不知您是否认同我这种理解。

宋琳：欧洲中世纪哲学的宇宙论也分为"天赐"和"自然"两种，可与冯契先生的说法对应。中西哲学都不承认自己是"神学的婢女"，要求自立门户，找到最高等级的概念"道"和"罗格斯"来命名第一因，这与神话和宗教的出发点是一致的。不过在认识论上往往越往后，越倾向于科学和理性。唯物主义是最彻底的无神论，影响深远，这里不能多谈。郭象注庄子，提出"独化"论："造物者无主，而物各自造。""外不资于道，内不由于己。"他的独断实与庄子以寓言方式对待世界的态度相悖，更与老子"人法地，地法天，天法道，道法自然"的逻辑关系相悖。所谓"有物混成，先天地生"，体现了一种神话思维，是对开端之谜的神话式描述。而如你所说，"回到某个更具有神性的源头"，这一冲动更多地取决于对神话价值的重估。德国浪漫主义者早就认识到神话"是人类文化的主要源泉，艺术、历史和诗都起源于神话"（卡西尔《国家的神话》）。谢林甚至将神话提升到一切哲学的顶点的高度。在中国，神话书写被历史叙事所取代始于周朝，在周人的观念里，发生了从尊神到尊王的变化。孔子曾如此评价这种变化："殷人尊神，率民以事神……周人尊礼尚施，事鬼敬神而远之，近人而忠焉。"（《礼记·表记》）周人弃绝殷商的人祭制度，同时将殷人信奉的"帝"替换成"天"，又通过新的历史叙事塑造出的圣王，最终使上古神话湮没无闻。这种弑神运动简直比人祭还要惨烈，且影响深远。

我认为从神话时代到历史时代的演变是文明衰弱的过程，物质生活的进步并不能挽救文明的毁灭。与巴别塔变乱相似，"绝地天通"后，从"恒先"分离出历史时间，用第二次"创世"否定第一次创世，这样一来诸神就遭到了彻底的放逐。《国语·楚语下》所载"昭王问于观射父"中，观射父认为人神杂糅是"少皞之衰也，九黎乱德"造成的，重和黎的绝地天通是要回到"古者民神不杂"的"旧常"，他的叙事颠倒了在先的和在后的，历史的诡计经常重复这么做。"神性的源头"在楚辞开创的南方诗歌传统中隐约可见，它以瑰丽的神话书写抵抗来自北方的历史化进程。《天问》是标准的史诗，叙述了远古诸神的故事，而帝王世纪从夏后启开始，亦本于民间传说，只字不提被北方推到最高地位的轩辕黄帝，是颇值得玩味的。而如今这一中断太久的传统的接续，恐怕需要几代人的努力。《〈山海经〉传》以迎神开始，以送神结束，我在序言中说过，是模拟《九歌》的仪式。过度历史化之后，完整重现神的在场是不可能的，只能利用原型片段，恢复人与神的对话。我重写神话是想让长久湮没的东西回归诗的言说，我赞赏米沃什的态度："因为在先的必须在先。"（《关于神学的论文》）

（《江南诗》2023 年 8 月第 12 期）

为何在言必称诗的春秋战国 600 年间无一人写诗？

/ 江非

和世界上的任何一个国家和民族一样，诗在中国也经历了三个发展时期：神学诗学、逻辑诗学和文学诗学。《诗经》并非是一部中国早期的"诗歌"选集，而是一本卦辞、神谕、祷词、祭辞、释梦辞选集，"诗"在最早时期，并非是简单生活和内心的表现。《诗经》里的诗篇均是关于诸侯贵族（风）以及王亲（雅）、王室（颂）的婚丧、出行、祛灾、行猎等生活家事的，均为地位尊贵的巫师、祭师、占卜师也就是当时社会的知识分子所作，没有一首来自平民，也没有一首"民歌"。《诗经》中的循环往复的语言风格即是巫师们"喃喃絮语"的"启示式"讲述风格。

在中国的早期，也并没有一个诗歌平民化的初始时代，"诗经"从来都没有平民化过。在那个时代，由于占卜就是法律，平民根本就没有占卜权，占卜权和释卜权是国家权力和贵族政治的重要标志。所以后来认为"风"来自民间，多是因为据其生活化的内容所简单得出的结论，是中国文化和儒学发展根据历史政治需要的一种故意，也是越来越多的今人的一种学术误知。《周南》部分的《关雎》即是周公家的一个孩子要找老婆而请占卜师进行占卜之后的卦辞和祷词，是告诉来占卜的人，那个可以娶的女孩在哪里，并预言婚娶能成；并非讲了一个平常老百姓家的孩子在那里思春的心情和故事。《召南》部分是关于召公的家事。《硕鼠》是魏公家的粮仓来了很多老鼠而请巫师写的一张符咒，是为了让老天驱赶真正的鼠灾，而不是老百姓要驱赶贪官。其他均是。《古诗源》中所收集的《古逸》部分亦是，即使到了后来的乐府诗，"郊庙祀辞"依然是首置和最重要的部分。

收入《诗经》中的每一首"诗"都应有一个前言或序，比如《关雎》可拟为：

"周公次子欲婚，祭，以问宗伯，伯曰——"这个"曰者"才是真正的那个"诗人"，并非"诗"里面那个"君子"；而"君子"在当时也不是一个随便什么人都可以谓之的称呼。"婚礼"也不是什么身份的人都可以拥有和举办的。"诗：言，寺"，在词源学上最早并非是"语言的神庙"，而是"神庙前的语言"，是一种首先神秘而后秘密的言说，即那些巫师、祭师、占卜师与天通话之后，为那些来祭台前求神祈天的人，所带来的神谕，是这些最早的知识分子的代天代神之言。那时的"采诗官"收集的就是这些从诸侯、王亲家泄露出来的"神谕"，收集来也不是作为文学作品欣赏的，而是要"以闻于天子"，让"王者不出牖户而知天下"，是为了让帝王知道"天"是不是对各诸侯、王亲启示了对他不利的"神谕"，或者这些诸侯是不是通过神之仪式对天说了不利于他的话，是为了加强帝王对诸侯、王亲的预知和监管。"孟春之月，群居者将散，行人振木铎，徇于路以采诗。"为什么是"孟春"？因为那时候的王室和诸侯重大祭祀问天的时间大多集中于一年之始的第一个月，"问天"已经完成，"神谕——诗"也已产生。为什么是"将散"，而不是"召集"呢？是因为那时的"采诗"是一对一的，是分开说的，并非是把大家聚集起来的公共"献诗"，是"我说了别人不知道"的一种告密行为，相当于现在的录口供。而且那时大家刚刚离开"群居"状态，已经听到了别人家的一些"神谕"传闻。而"木铎"也就是当时的法律、命令。

可见，"采诗"在当时不仅是一种强制行为，而且是一种秘密行政：一个采诗官站在路边，一摇铃，让你住下，你必须住下，然后问你有没有听说周公家今年祭天时得到了一些不利于天子的神谕，你必须马上汇报，而采诗官也必须把得到的"神谕——诗"原文不动地秘密带回去，"献于太师"，让最高的官员、最大的知识分子和最懂"神谕"蕴含的人分析它的隐秘含义，然后再报告给天子。而如果你说刚才在一起的时候，听周公家的一个仆人说他们家今年没有什么大的问天行为，只是在今年开春的时候搞了一个祭祀，问了一下他们家小儿子今年要订婚找老婆，应该找住在什么地方的女子，据说当时的祭师（也就是后来人们称为"诗人"的）是这样说的：关关雎鸠……那么，这个采诗官采回去的就是《关雎》。而如果你说听说这个人今年祭天主要问了天子什么时候死，祭词（诗）是：吾王吾王何以疫……估计这样的一首"诗"足以令这个当事人第二天就被处死。

这就是"采诗"在当时的目的和形式，"诗"是由当时社会的最高知识分子"祭师"们创作的，部分由告密者传播，被政治以绝对的法令收集起来的。不仅如此，这里面还要包括为人臣者的当面如实汇报："故天子听政，使公卿至于列士献诗。""诗——神谕、祭词、祷词——对世界认识和听命的启示"，在当时是一件关乎天、神、人、王权、国家、政治的大事。这也就是那些"采诗官"在当时为什么被老百姓称为"行人"的原因，他们其实是中国最早的"特工"。"诗"其实汇集于中国最早的"国家安全部门"。应该说，那时的老百姓是闻"诗"色变，见"行人"色变的，谁还敢"作诗"？这也是为什么从春秋到战国近乎一千年的时间里无知识分子和平民敢作诗的原因。"诗"这个字的词源本意即"秘密之言"。楚辞也是神学之"诗"的一种演化变异形式，作为"淫祀"之国一种祭祀用的昭告天下的奢华的"赋"文，专司祭祀的屈原等人的"楚辞"，其中的"吾"，并不是指作者本人，而是宣读那篇祭文的楚王，屈原等人只是国家公文、仪式文件和讲话稿的代笔人、起草人，而不是我们经常所误认为的那位独立"诗人"。

　　"诗"后来之所以被置于《诗》《书》《礼》《乐》《易》《春秋》六经之首，也完全是因为它的这种政治现实性。孔子编的其实并非一部艺术作品，而是一部教化、规定诸侯、王亲"私下之言"尤其是"与天言、听天语"的最高典范和政治秘则。"诗"指出了"这些事"在"家里"是可以问天的，"这类话"是可以对天说的，但超出了这些范围是不行的。孔子曾在《论语》中对《诗经》中的《郑风》有几处评价，其中在《卫灵公》篇中言："行夏之时，乘殷之辂，服周之冕，乐则《韶》《舞》。放郑声，远佞人，郑声淫，佞人殆。"在《阳货》篇中则言："恶紫之夺朱也，恶郑声之乱雅乐也，恶利口之覆邦家者。"《卫灵公》篇是孔子论述语言与仁、礼形成与保持的关系的重要篇章，所以孔子得出了"可与言而不与之言，失人；不可与言而与之言，失言。知者不失人亦不失言""群居终日，言不及义，好行小慧，难矣哉""吾未见好德如好色者也"的结论以及"恭己正南面而已矣"的"为邦之道"的论断。《阳货》篇不但阐述中国诗歌史上的著名的"春秋诗学"，而且还提出了著名的"巧言令色鲜矣仁"这一论断，所探讨的问题和《卫灵公》篇差不多。

　　孔子之所以要驱逐、废弃"郑声"，是因为《郑风》中大多数言辞是"淫"的，即过度粉饰化了的，不但不在它所本属的祭天问地的本位上，而且是对于"雅"的一种僭越，是失了"礼"的，所以不是他所主张的"仁义之言"，而是一种花言巧语。在孔子看来，这样的语言成为日常用语之后，就等于一个"佞人"时时刻刻在你身边耳语，会很危险，会让"仁礼"丧失，所以孔子又说"恶郑声之乱雅乐也"。可见，孔子是反对诗不守位，也是极力反对语言的所指向能指飘移和异化的。这主要是因为孔子当时除了把《诗经》当作形式逻辑学工具用于其教学，还把《诗经》作为一种政治伦理性典范在规训社会。正如他在《阳货》里所说的："人而不为《周南》《召南》，其犹正墙面而立也与。"他认为像《周南》《召南》里所记载的那些占卜辞，才是正常的语言，所问卜之事也才是诸侯所干的正事，所以他将其置于《诗经》的卷首。这主要是因为，在孔子眼里，西周时期的"周召二公"才是为人臣、做诸侯的最佳典范，他们的领地上发出的声音，才是"仁义"之声。孔子认为他们在"与天言、听天语"的"私下之言"里，几乎没有关于国家朝政和天子的内容，所言只是他们家里的一些生活小事，这是为人臣者在"私下"里最应该做的。

孟子在《孟子·离娄下》里也说过："王者之迹熄而诗亡，诗亡，然后春秋作。晋之乘，楚之杌，鲁之春秋，一也。其事则齐桓、晋文，其文则史。孔子曰：其义则丘窃取之矣。"这其中的"王者之迹熄而诗亡，诗亡，然后春秋作"的意思是说，周王朝统治天下的能力丧失了，也就没有了所有诸侯全部集中到中央王廷进行宗庙祭祀颂诗（致祭词）的局面了，喻含王道规则的颂诗祭祀的局面没了，独一的周王朝国家权威和王道、正史也就没了，才有了孔子以私史的名义所写的、貌似记录诸侯各国事件、其实是阐述规范王道准则的《春秋》之史。孟子的《孟子·离娄下》是论述王道、道统的，这段话其实是说中央王权衰落后的以史赋道，最重点的一句是"其义则丘窃取之"，并非论述诗和史这两种文体的发展关系。从这句话中，也可以看出"诗"在当时是什么，也可以看出孔子编"诗"的根本目的是什么。

孔子之所以把这些"特工资料"从密室里搬出来变成一部书，其实还是因为他"治天下"的政治道德初衷。所以如果把《诗经》当作文学作品看，它也是政治魔幻主义的，而并非"现实主义"的，而其事实只能是象征主义的:《诗经》的每一首诗虽然也讲述了生活和历史，但在每一首诗的整体上，只是对未来生活和过去历史或梦的一种解说性的象征。"诗人"在当时是一种高于王权的权力和职能，是神权的象征，是不容平民染指的。那时的平民如果敢作一首"诗"，最轻的刑罚估计也是诛杀全家。

"诗"这个字出现得比较晚，其造字本义是指对于语言的持有和对于持有者的言说。"诗"的普通化是在《诗经》以后中央王权衰落之后，是"神庙前的语言"转变为"语言的神庙"之后。文学诗学的出现是在西汉，在魏晋唐宋发展成熟，那之后才到了"诵诗以化民"的文学诗歌时代。这也是任何一个民族的语言学与诗学协同发展的一条普遍规律。"诗"来自"易"。"诗"用于占卜、祈祷、祭祀，"诗言志"中的"志"那时就是"神志"，也即上天通过人神交流的通道传达到神父心中的天意，是指一种人神共体的意识和言语状态。在此基础上兴起的唐诗宋词，在本质上是一种政治小品美学，是对人的一种美学化的政治与历史规训。其中的格律、平仄、对仗、词牌等文学制度，既是语言制度，也是社会制度。

"诗"从源头上或在本质上，在任何一个民族都是对于神秘和奥秘的阐释，是对于世界和自我在神学、玄学和哲学上的首先认识，而不是抒情、叙事。孔子并不是不想依据他的思想理念把《关雎》这种"诗"删掉，而是他不敢删，他不敢删掉来自上天的神言天意。孔子的春秋诗学属于逻辑诗学、修辞诗学和伦理诗学。"诗言志"中的"志"，同时是指"在人的心中刚刚产生的还没有清晰的念头"，也即人的思维逻辑的运作和思维内容还没有进行区分的那种状态。孔子所言的"思无邪"，引自《诗·鲁颂·駉》中的"思无邪思，马斯徂"，意思是"所思像奔马一样自由"，和"诗言志"其实是一个意思。"不学诗，无以言"中的"言"指的是"系统化的思想著作"，是孔子对于"诗"在形式逻辑和修辞学上的解释和应用，是为了通过"诗"的"赋、比、兴"，尽快整合自然"形象"之后的社会历史"形象"，而抽象出更多的可以用于理性思维的概念和语言。孔子只能引申"诗"。"诗可以兴，可以观，可以群，可以怨"，即是诗歌可以实现精神的升高，可以再次看见那个神秘的自我，可以与天、神交流，可以解释和调和天人关系与我们的自我（社会）关系。孔子只能在"可以怨"中，把"诗"引向他的思想体系，并进一步引向"迩之事父，远之事君，多识于鸟兽草木之名"。其中"多识于鸟兽草木之名"让孔子言出了"诗"之普遍化之后，一种与古希腊一样的春秋"模仿命名诗学"。

　　所以，对于《诗经》作者的确认，影响了后人尤其是现今一个时期对诗歌本质的误解，对于作者的两种不同的理解，会导致两种截然不同的诗歌认识和写作效果。以《关雎》为例，如果认为《关雎》是当时的"祭师"所作，那么：诗——神谕，启示，预言，认知；悲剧，寓言，反讽；儒家诗学上半部（命名与象征，敞开的行动，自然法）：诗可以兴，可以观，可以群；诗是神庙前的语言——自然本体论；诗是语言的神庙——历史本体论；诗既是神庙前的语言还是语言的神庙——精神本体论。如果认为是诗中的"君子"所作，那么：诗——自喻，表现，经验，抒发；喜剧，故事，戏仿；儒家诗学下半部（现象与描绘，完成的事件，符号法）：诗可以怨，迩之事父（父，非积极性习俗、惯性与传统），远之事君（君，业已认识的自我或阶层的权力与统治力），多识于鸟兽草木之名（名，符号）；诗是生活情绪的抒发——简单模仿诗学；诗是社会现象的表现——简单模仿诗学；诗是经验的类型聚集——简单模仿诗学；诗是词语的类型聚集——简单词语模仿学。

　　所以从"诗"的源头上来看，我们会得出这样的结论：名称即本性；诗，其本质即在"诗"这个字本身；孔子并非没有真正地告诉后人《诗经》为何，诗在本质上应该为何，引申曾是他一个隐匿的人文目的。这个目的是政治的，但同时也是修辞学和哲学的，孔子是为了让"诗"通过"赋、比、兴"，尽快整合自然"形象"

之后的社会历史"形象"，而为哲学抽象出更多的可以用于理性思维的语言，以便建立起那个时代的逻辑学。

《诗经》最大的贡献是为中国人提供了"四言"的表达方式和音步节奏，这种语言结构奠定了中国人理性思维的逻辑形式，影响到了以后所有的民族思维方式。这个影响的核心就是我们的语言以及语言所喻示同时又阐明的思维内容与思维方式，都注重一种空间性的并置，而最大限度地舍弃了时间性的因果连续，而确立了我们"形象"思维的范式。这个范式在《诗经》里就是从"关关"和"雎鸠"的象征并置开始的。这也是《诗经》位于六经之首的另一个原因，它是当时的那些"司祭"——玄学诗人们创造的形式逻辑学，是"经中之经"。"不读诗无以言"，"言"在这里不是指"说"和"语言"，而是指"说"的延伸——"话语"和"说"的本质：判断。所以，不论从诗的"神谕—认知"的源头上，还是在"表达—语言"的生成上，诗都是理性奥秘的一部分，是对于世界源头和历史未来的一种语言性的探讨和塑造。诗，不是人们经常所言的那种"生活"，也不是那些被误以为是"现实"的现象，而在节奏性的思维形式中是"真实"和"真是"。

附：《论语》中论"诗"的言论：

1.《学而》篇：始可与言《诗》已矣，告诸往而知来者。

2.《为政》篇：《诗》三百，一言以蔽之，曰：思无邪。

3.《八佾》篇：子夏（卜商）问曰：巧笑倩兮，美目盼兮，素以为绚兮，何谓也？子曰：绘事后素。曰：礼后乎？子曰：起予者商也，始可与言《诗》已矣。

4.《八佾》篇：《关雎》，乐而不淫，哀而不伤。

5.《述而》篇：子所雅言，《诗》《书》、执礼，皆雅言也。

6.《泰伯》篇：兴于《诗》，立于礼，成于乐。

7.《泰伯》篇：师挚之始，《关雎》之乱，洋洋乎盈耳哉。

8.《子罕》篇：吾自卫反鲁，然后乐正，《雅》《颂》各得其所。

9.《子路》篇：诵《诗》三百，授之以政，不达；使于四方，不能专对；虽多，亦奚以为？

10.《季氏篇》：尝独立，鲤趋而过庭，曰：学《诗》乎？对曰：未也。不学《诗》，无以言。鲤退而学《诗》。他日，又独立，鲤趋而过庭，曰：学《礼》乎？对曰：未也。不学《礼》，无以立。鲤退而学《礼》。

11.《阳货》篇：小子何莫学夫《诗》？《诗》可以兴，可以观，可以群，可以怨。迩之事父，远之事君，多识于鸟兽草木之名。

12.《阳货》篇：子谓伯鱼曰：女为《周南》《召南》矣乎？人而不为《周南》《召南》，其犹正墙面而立也与。

（选自微信公众号"江非之非"，2023 年 8 月 19 日）

"现代性"作为一种古典诗传统

——论新世纪新诗对古典诗传统的新发现

/ 罗小凤

21 世纪以来，一批诗人和新诗研究者回望古典诗词并对其进行重新诠释，对古典诗传统形成了系列新发现。江弱水、师力斌、柏桦、孙文波、西渡、王家新、臧棣、张执浩、霍俊明、雷平阳、庄晓明等在重新考察与诠释古典诗词后发现，"现代性"在古典诗词中早已存在，他们由此钩沉爬梳出古典诗词中的一条"现代性"脉络，并将之指认为"现代性"传统。这无疑是对古典诗传统的新发现，已建构出古典诗传统的新面貌与新秩序。

一、"诠释"中的传统

在新诗发展史上，有关"继承传统"的呼吁一直绵延不绝。在 21 世纪初掀起并延续至今的古典诗词热中，这种声音愈加激昂。然而事实上，传统是无法继承的，它是一个在"诠释"中，其内涵与外延不断发生延展、迁移而变动不居的话语体系。

所谓"传统"，顾名思义即为"传下来的统"。但这个"统"并非一成不变，在不同历史时代语境下，不同的阐释者携带不同的阐释眼光与志趣对其进行阐释时会抉发出不同内涵，从而形成关于"传统"的不同面貌与秩序。对此，艾略特早在 1917 年的《传统与个人才能》一文中便已明确阐述其对"传统"的认识。在艾略特的探察中，"传统"从本义而言实属贬责之词，主要指"追随前一代"，或"盲目地或胆怯地墨守前一代成功的方法"，后来才逐渐演变为中性词。艾略特在此基点上阐述其对"传统"的新认识："传统是具有广泛得多的意义的东西。它不是继承得到的。"[1] 可见，艾略特不是将"传统"视为一成不变的前一代方法或过去的存在体，而认为传统"不是继承得到的"，他对"传统"的认识无疑已跳脱出一般的线性继承视野。在他看来，面对传统不仅应理解"过去的过去性"，还需理解"过去的现存性"。所谓"过去的过去性"是指"过去"之人对于"过去"的认识，由此形成过去传统的秩序与面貌；而"过去的现存性"则指现世之人对于过去传统的新认识，构成传统的新面貌与新秩序。传统正是将"过去的过去性"和"过去的现存性"囊于一体而得以建构其完整体系。在艾略特的传统观中，现存的艺术经典所代表的传统本身已构成一个理想、完整的秩序，但此秩序会因后世新发现的作品加进而发生变化，每件艺术作品与整个秩序的关系、比例和价值亦需重新调整，艾略特将之称为"新与旧的适应"[2]。由此可见，"传统"的秩序和面貌并非固定不变，而是会在历史进程中随着新作品和新认识的加入而不断发生变化，从而形成"传统"的新秩序与新面貌，处在不同历史时代的人会从中发现其不同质素。因而"传统"会在"新与旧的适应"中进行调整和修改，从而呈现出不同的秩序和面貌。因此，"传统"永远处于被不断改造和重新发明的状态。

显而易见，艾略特的传统观是以一种近乎诠释学的方式（虽然其时诠释学尚未诞生）对"传统"做出的新阐释，破除了学界对文学与传统之关系的错误认识，与哲学诠释学视野中对"传统"的认识正相契合。哲学诠释学是现代西方哲学的重要流派之一，本是一门研究理解和解释的学科，后演变为一种关于理解和解释的系统理论，常对人类文明习以为常的理解和现象进行重新诠释。德国哲学家海德格尔、伽达默尔为其代表。哲学诠释学对"传统"进行了深度的诠释学省思，如伽达默尔在《真理与方法》一书中指出，传统并非某种内涵稳定不移的固定实体，而是在不断发生的新的理解和解释活动中得以延展和变异。因此，伽达默尔在其话语系统中使用了"流传物"和"传统"两个相互区别的概念。其观点与美国希尔斯对"传统"的认识不谋而合。希尔斯将"传统"分为"从过去延传至今"的事物和在时间中"被接受和相传"时出现的"一系列变体"，由此将"传统"称为"延传变体链"[3]。可见，希尔斯所言的"从过去延传至今"的事物对应于伽达默尔话语系统中的"流传物"；而伽达默尔也敏锐意识到"传统"所拥有的"延传性"和"变体性"，他发现人们对传统的认识是在诠释中呈现"流传物"与"现在"的

---

[1] 艾略特：《传统与个人才能》，卞之琳译，《学文》第 1 卷第 1 期，1934 年 5 月。

[2] 艾略特：《传统与个人才能》，卞之琳译，《学文》第 1 卷第 1 期，1934 年 5 月。

[3] E. 希尔斯：《论传统》，傅铿、吕乐译，第 15-17 页，上海人民出版社 1991 年版。

紧张关系[1]，因此，对传统的定义与认识难以离开诠释学维度。在诠释学中，与"传统"相关的一个重要概念是"前见"。海德格尔和伽达默尔都认为，人们在理解活动中"向来就有"的"前见"是理解活动进行的重要前提条件[2]。所谓"前见"，是指在理解活动发生之前理解者已具有的各种观念和看法，它被包含在各种各样的文化"流传物"之中，以其肯定的或否定的价值影响甚至左右理解活动，密切关乎传统的诠释。诠释学中与传统相关的另一个重要概念是"时间距离"，伽达默尔把时间距离看成是"理解的一种积极的创造性的可能性"[3]，他认为正因"时间距离"的客观存在，"传统"才被作为"过去"与"现在"进行区别，从而导致"理解"活动中出现富有创造性的理解。而这种"理解"由于相隔一定的"时间距离"，因而不可能是一种简单的对原著的"复制"，而是一种创造性活动。在此过程中，"过去"与"现在"处于"对话"状态，这种"对话"让彼此意识到认知的局限，由此打开"一个通向未知领域的新的视界"[4]，使"传统"在持续的"对话"与"理解"中不断发生创造性的"新生"。"视域交融"亦是诠释学中与传统相关的一个重要概念。诠释学认为，在理解活动中，整个世界都处于开放、活动状态，"理解者"的立足点亦不断变化，导致人的"视域"（horizon）并非固定不变，而处于"现在的视域"与"历史视域"的变换交融中，即"视域交融"。人们对传统的认知便处于这种"视域交融"中，既非把"理解者"带回"过去的时光"复制"历史的视域"，亦非把"传统"直接带入"现在的视域"，而处于不同视域的不断切换与交融中。正如伽达默尔指出的，每一次与传统的相遇历史都不相同，不同的相遇招致不同的理解，而"理解"则"意味着一个新的历史视界的获得"[5]。因此，人们与传统的关系事实上都是"理解者"携带一定的"前见"，站在一定的"时间距离"之外，在不同的视域交融中通过"对话"对"过去"进行新的"理解"。亦因此，所有的"理解"其实均为理

---

[1]　伽达默尔：《真理与方法——哲学诠释学的基本特征》（上卷），洪汉鼎译，第393页，第342页，第381页，上海译文出版社1999年版。

[2]　伽达默尔：《真理与方法——哲学诠释学的基本特征》（上卷），洪汉鼎译，第393页，第342页，第381页，上海译文出版社1999年版。

[3]　伽达默尔：《真理与方法——哲学诠释学的基本特征》（上卷），洪汉鼎译，第393页，第342页，第381页，上海译文出版社1999年版。

[4]　伽达默尔、杜特：《解释学 美学 实践哲学——伽达默尔与杜特对谈录》，金惠敏译，第21页，第20页，商务印书馆2005年版。

[5]　伽达默尔、杜特：《解释学 美学 实践哲学——伽达默尔与杜特对谈录》，金惠敏译，第21页，第20页，商务印书馆2005年版。

解者携带一定的历史语境、眼光和志趣，借助"前见"重新"理解"传统。毋庸置疑，诠释学深刻洞悉了人们与传统的关系本质。

由此可知，传统并非固定不变，而是不同时代之人在不同的特定历史语境下对经典作品所做出的不同诠释和想象，每个人面对同样的经典作品所给出的阐释却迥然有异，因而形成关于"传统"的不同面貌和秩序。正因如此，"传统"属于"诠释"中的传统，在不同的诠释中处于动态变化状态，是在一代又一代后人的诠释中建立起来的一个未完成式概念[1]。传统确实客观存在，但每个人在重新诠释传统时都携带不同的"前见""时间距离"和视界，因而所发现的"传统"各有千秋，导致"传统"在一代又一代人的"诠释"中不断形成新的面貌和秩序。

哲学诠释学于 20 世纪 70 年代后期被引入中国，为中国经典诠释学的发展提供了新的方法和视角[2]。经过 20 世纪八九十年代的进一步推介、翻译和发展，诠释学在 21 世纪初掀起热潮，影响波及中国学界的各个领域。21 世纪以来的一批诗人与诗歌研究者均深受诠释学影响，他们不约而同地从诠释学角度对"传统"及新诗与传统之关系进行了重新阐释。王家新于 21 世纪初指出新诗与传统"并不是一种'继承'关系，更不是一种'回归'关系"，而应是一种"修正和改写""互文与对话"甚至"相互发明"的关系[3]，这无疑是从诠释学角度出发对新诗与传统之关系本质的洞悉。冷霜则直接指出新诗与"古典诗传统"之间并不存在一种本质性关系，而呈现为一系列"诠释和建构"，因而"传统"成为"现代性的一种认识装置"，"本身就是被建构的知识/话语"[4]。他将新诗与"传统"的关系本质视为诠释性关系，并由此反思文学的现代性，是尝试从诠释学角度对传统与现代性进行本质透视。江弱水也指出传统的活力来自"不断的再解释"，这种"再解释"将使疏离的传统与当代"重新发生关系"，从而"激发出活性并生成新的意义"[5]。显然

---

[1] 罗小凤：《古典诗传统的再发现——1930 年代新诗的一种倾向》，《文学评论》2012 年第 5 期。

[2] 洪汉鼎：《诠释学的中国化：一种普遍性的经典诠释学构想》，《中国社会科学》2020 年第 1 期。

[3] 王家新：《一份现代性的美丽》，《诗探索》2000 年第 1 辑。

[4] 冷霜：《新诗与"古典诗传统"：诠释性关系的建构——以 1930 年代"现代派"诗人为中心》，博士学位论文，第 3 页，北京大学中文系，2006 年。

[5] 江弱水：《古典诗的现代性》，第 2 页，第 12 页，第 16 页，第 26 页，第 35 页，第 37 页，第 12 页，第 89 页，第 12 页，第 97-99 页，第 218 页，第 288 页，第 315 页，第 133 页，第 134 页，三联书店 2017 年版。

江弱水关于新诗与传统的关系认识亦是从诠释学角度得出的。还有人亦认为"传统"是被"此时"创造出来的 [1]，另有多位诗人则将传统视为一个可以被诠释、创造和修正的符号体系 [2]。毋庸置疑，他们都敏锐洞悉了新诗与传统之间不是继承与被继承的关系，而是重新阐释、对话与相互发明的关系，无疑均是从诠释学角度对二者之关系的重新认识。在此理论认识的基点上，他们都秉持"重新认识"的姿态对古典诗词进行重新诠释。江弱水从"现代性"视角对杜甫、李贺、李商隐、周邦彦、姜夔、吴文英六位代表诗人进行了全新的阐释，他先是举证西方现代性，然后以此烛照中国古典诗，是尝试以西方视野看中国古典诗；师力斌则针对新诗史上的"无杜"现象提出"新诗百年，回过头来重读杜甫" [3]，他以现代性视角对杜甫诗歌的思想、技术、风格和诗学追求等方面进行了全面重释；柏桦亦于近年来潜心于古典诗词的重新解读，尤其对唐诗进行了细致深入的重释；庄晓明以个人化视角对一批古代诗人及其经典作品进行了新的解读；毛宣国则携带现代性视角对朱熹的《诗经》阐释进行了再阐释 [4]。王家新、臧棣、西渡、霍俊明、雷平阳、张执浩等诗人亦都携带现代性视角对古典诗词进行重释。正因如此，他们发现"现代性"早已存在于古典诗词中，因而将之作为中国古典诗传统的重要构成。

二、"现代性"作为古典诗传统的发现

在新诗发展历程中，"现代""现代化""现代性"等语词始终为至关重要的诗学概念。一般而言，这些概念与"传统""古典"相对应甚至对立存在。正如贝尔所指出的，"现代性"是"同作为过去的过去的决裂，同时又把过去弹射进现在" [5]；臧棣则认为正由于现代性的出现，"传统"才能被意识到其存在 [6]。可见他们都已洞悉现代与传统之间的对立关系。然而在 21 世纪以来的一些诗人和学者对古典诗词的重释中，"现代性"被视为古典诗词中一脉早已存在的传统，不仅颠覆二者之间的对立关系，还倒置既有认识中"传统"与"现代"的先后次序，其实是对古

[1] 孙文波：《上苑札记——一份与诗歌有关的问题提纲》，《诗探索》2001 年第 3-4 辑。

[2] 江弱水、车前子、朱朱、何同彬：《新诗百年与古典传统》，《扬子江诗刊》2016 年第 1 期。

[3] 师力斌：《杜甫与新诗》，第 1 页，第 4 页，第 20 页，团结出版社 2019 年版。

[4] 毛宣国：《朱熹〈诗经〉阐释的诗学意义》，《湖南大学学报》2020 年第 4 期。

[5] 丹尼尔·贝尔：《资本主义文化矛盾》，赵一凡等译，第 148 页，三联书店 1989 年版。

[6] 臧棣：《现代性与新诗的评价》，《文艺争鸣》1998 年第 3 期。

典诗传统的新发现。21世纪以来的这批诗人和学者均携带"现代性"视角以一种"重新诠释"传统的姿态重读古典诗词。正因如此，他们在古典诗传统这个多面体中所看到的是"现代性"风景。在对"现代性"进行追溯时，他们发现古典诗词史中隐匿着一条"现代性"传统，并发现"现代性"是从南朝滥觞，至唐朝成熟，在宋朝继续的一个传统，而杜甫则为现代性的典型代表。这种认识无疑是对古典诗传统的重新认识和创造性发现。

（一）南朝诗歌作为"现代性"的起点

在既有文学史叙述中，南朝文学素遭轻视。事实上南朝文学尤其是南朝诗歌颇为繁荣，但因南朝属于乱世与衰世，故其诗歌与文学成就亦多遭贬抑。如苏轼的"文起八代之衰"论便全盘否定韩愈出现之前的八代即魏晋南北朝至隋的文学发展状况，他认为是韩愈的出现改变了持续八代的文学不兴态势，此论完全抹杀了南朝诗歌之繁荣。李白的诗句"自从建安来，绮丽不足珍"亦将建安之后的南朝诗歌归于"绮丽"而认为其无关紧要。韩愈、陈子昂、王士祯等亦对南朝诗歌持否定姿态。这些贬低无疑遮蔽了南朝文学尤其是南朝诗歌之成就，导致南朝文学的文学史地位一直不高。然而江弱水却重新打量古典诗传统，发现南朝文学乃"中国古典诗的现代性的起点"[1]。在江弱水看来，南朝时期儒家意识淡化，道德功利主义缺位，而此正为"现代性"的重要体现。在此基点上，江弱水参照卡林内斯库于《现代性的五副面孔》中对"现代性"的归纳而将中国古典诗词的"现代性"传统概括为"颓加荡""诡而新""断续性""互文性"，换言之则为精神上的颓废、艺术上的新奇、语言形式上的断续与互文。江弱水最早在南朝文学中觅获此四点特征，故而将南朝文学视为"现代性"之起点。首先是"颓加荡"，江弱水认为南朝文学具有"颓废"的特点。在他看来，南朝作为一个颓废时代，虽然经济、政治等各方面趋于衰败，但能量和激情却转移至文学世界，文学价值被空前强调，而所强调的不是其对外在世界的功利，而是"文字的颜色和声音的组合游戏，及其摇荡

---

[1]　江弱水：《古典诗的现代性》，第2页，第12页，第16页，第26页，第35页，第37页，第12页，第89页，第12页，第97-99页，第218页，第288页，第315页，第133页，第134页，三联书店2017年版。

人的性灵的力量"。江弱水认为这种文学观念"本身就是颓废的极致"[1]。由此江弱水认为南朝文学是颓废的，而这种"颓废"被他视为现代性的典型品质，他由此得出结论："南朝文学的确有一种颓废的现代性品质。"[2] 其次是"讹而新"，江弱水从卡林内斯库的现代性理论中看到"先锋比颓废更突出于现代性的诸多表现中"，据此认为"新奇"在现代性价值体系中占据首要位置，并将"反传统"视为现代性更为本质的一面。同时他认为"南朝文学在很多方面与这种现代性有着惊人的契合"[3]。由此他拈出刘勰曾使用的片语"讹而新"作为现代性的另一重要特点，并指出"竞今疏古、背弃传统"和"竞新逐巧、强调奇变"[4] 亦是南朝文学的突出特点。在江弱水看来，"新"作为现代性的首要特征却在古代文学史上不被广泛认同，而南朝文论却罕有地肯定"新变"，因而南朝文学具有"现代性"。对于第三个特征"断续性"，江弱水则援引罗兰·巴特在《写作的零度》中的观点，他因罗兰·巴特曾用"连续性"和"非连续性"这一对术语解释古典语言与现代语言的差别而使用"断续性"描述南朝文学的现代性特点，并将之与蒙太奇手法进行对应。他发现南朝文学中骈偶与对仗的密集使用导致了语言的断续性，创造出一种"具有现代诗语特质的，不是连续而是断裂的语言形式"[5]。江弱水由此认为一个有别于古诗的现代性传统已形成。他概括的南朝文学第四个现代性特征是"互文性"。"互文性"最早由朱丽叶·克里斯蒂娃提出，江弱水将之与刘勰对"用典"的阐述进

[1]　江弱水：《古典诗的现代性》，第2页，第12页，第16页，第26页，第35页，第37页，第12页，第89页，第12页，第97-99页，第218页，第288页，第315页，第133页，第134页，三联书店2017年版。

[2]　江弱水：《古典诗的现代性》，第2页，第12页，第16页，第26页，第35页，第37页，第12页，第89页，第12页，第97-99页，第218页，第288页，第315页，第133页，第134页，三联书店2017年版。

[3]　江弱水：《古典诗的现代性》，第2页，第12页，第16页，第26页，第35页，第37页，第12页，第89页，第12页，第97-99页，第218页，第288页，第315页，第133页，第134页，三联书店2017年版。

[4]　江弱水：《古典诗的现代性》，第2页，第12页，第16页，第26页，第35页，第37页，第12页，第89页，第12页，第97-99页，第218页，第288页，第315页，第133页，第134页，三联书店2017年版。

[5]　江弱水：《古典诗的现代性》，第2页，第12页，第16页，第26页，第35页，第37页，第12页，第89页，第12页，第97-99页，第218页，第288页，第315页，第133页，第134页，三联书店2017年版。

行对应，由此认为互文性理论早已在中国古典诗学中存在，而南朝文学则是互文性理论早熟的一个实践。江弱水还将"互文性的程度之高、表现之妙"[1]视为中国古典诗史上衡量诗人成就的重要标准，认为杜甫、李商隐、周邦彦、姜夔、吴文英等热衷于用典的诗人已建构了一个中国古典诗的现代性传统，这其实是将互文性和用典作为现代性的重要因子。在阐述论证四个特征时，江弱水还对各个特征之间的彼此关联及效果进行了详细探讨，他认为正是这些特点及其相互结合创造出南朝文学的主要成就，并由此形成一个"相对独立的现代性传统"，与言志载道的另一传统并存，标识南朝文学的"现代性"，并传承延续至唐诗宋词的一些重要作家笔下[2]。正由于此，江弱水将南朝文学视为"古典诗的现代性"之滥觞。由此可知，江弱水是将西方现代诗歌理论与中国古典诗歌理论进行对照，阐释出中国古典诗词中的现代性样貌，并将南朝文学视为古典诗词中现代一脉的起点，这既是对南朝文学的重新重视，亦是对古典诗传统的一种新发现。

柏桦虽未明确表示对南朝文学情有独钟，其兴趣主要集中于唐诗，但他近年来提倡"逸乐"文学观，曾发表系列文章进行阐述。而这种"逸乐"在古典诗歌中最早发端于南朝时期的宫体诗，此类诗在内容上吟风月狎池苑，在风格上精致秾丽甚至淫靡，其形成原因在于"文人习于逸乐，思想愈益萎靡"[3]，由此不难窥知宫体诗曾是"逸乐"的最初源头。在柏桦、江弱水的阐释中，"逸乐"一词与西方现代性理论中的"颓废"相对应，而"颓废"被卡林内斯库列为现代性的五副面孔之一，因而"逸乐"亦成为"现代性"的重要元素。由此而言，柏桦对"逸乐"的倚重事实上折射出其潜意识中对南朝文学作为现代性起点之观点的认同。

（二）"现代性"在古代的延续

在确立南朝诗歌为古典诗的现代性起点后，江弱水继续探索"现代性"在南朝以后的发展与延续脉络。他选取唐代杜甫、李贺、李商隐和宋代周邦彦、姜夔、

· 240

---

[1] 江弱水：《古典诗的现代性》，第 2 页，第 12 页，第 16 页，第 26 页，第 35 页，第 37 页，第 12 页，第 89 页，第 12 页，第 97-99 页，第 218 页，第 288 页，第 315 页，第 133 页，第 134 页，三联书店 2017 年版。

[2] 江弱水：《古典诗的现代性》，第 2 页，第 12 页，第 16 页，第 26 页，第 35 页，第 37 页，第 12 页，第 89 页，第 12 页，第 97-99 页，第 218 页，第 288 页，第 315 页，第 133 页，第 134 页，三联书店 2017 年版。

[3] 沈玉成：《宫体诗与〈玉台新咏〉》，《文学遗产》1988 年第 6 期。

吴文英作为延续南朝文学现代性特征的代表进行详细阐释，他在唐宋诗词中稽寻其所概括的四种现代性要素的表现例证作为现代性在唐宋时期延续的证据。与古典文学史将陈子昂视为反齐梁的开端不同，江弱水认为陈子昂"分明染有齐梁的偶俪之习气"，而李白、王维、孟浩然等诗人同样含有齐梁余音，因而延续了南朝文学的"现代性"；杜甫则被视为古典诗中"现代性的成熟的表现"[1]。江弱水认为中国古典诗的四种现代性要素在杜甫、李贺、李商隐的诗中体现得最为突出，因而对之逐一进行探析。至于宋朝，江弱水认为宋词而非宋诗延续了南朝时期形成的现代性传统，在他看来，周邦彦、吴文英、姜夔与韦庄、苏轼、辛弃疾不同，是"宋词里的现代派"[2]。江弱水将这些诗人的作品从语言的断续性、写作的互文性、颓废、逐新等角度进行细致阐析，由此得出结论："中国古典诗的现代性传统，即由南朝文学孕育的，经唐诗中的杜甫、李贺、李商隐，宋词中的周邦彦、姜夔、吴文英等相承而下的一脉写作类型。"[3] 显而易见，江弱水是用西方理论重释古典诗词，虽不免有"理念先行"、过度阐释等嫌疑，但他却由此掘获一些新的结论而对古典诗词形成新的发现。值得注意的是，江弱水将"现代性"视为与启蒙、教化截然相反的一面，同时将"现代性"视为戏谑、颓废、雕琢、用典等特征，事实上是对现代性的一种误读。这种对现代性的界定过于狭窄，将其仅限于颓加荡、讹而新、断续性、互文性四方面，却以此否定胡适在《文学改良刍议》中提出的各种主张，并逐一进行反驳，无疑有失偏颇。诚然，胡适的观点确有偏激偏颇之处，后来的朱光潜、梁宗岱、废名、李健吾等亦曾批评胡适，但他们所批评的是胡适的偏激过正之处，并未否定其尝试之功。而后来的新诗发展证明，胡适新辟新诗的道路是对的，至今已持续百余年。因此，胡适的诗歌主张虽然确实存在一些问题，但并不能因此而遭到全盘否定，更不能以此而认为胡适"反现代性"。中国诗人一直在探寻何为现代性，胡适所处的是探索初期，正是他创造的新诗体式让现代诗

---

[1] 江弱水：《古典诗的现代性》，第 2 页，第 12 页，第 16 页，第 26 页，第 35 页，第 37 页，第 89 页，第 12 页，第 97-99 页，第 218 页，第 288 页，第 315 页，第 133 页，第 134 页，三联书店 2017 年版。

[2] 江弱水：《古典诗的现代性》，第 2 页，第 12 页，第 16 页，第 26 页，第 35 页，第 37 页，第 12 页，第 89 页，第 12 页，第 97-99 页，第 218 页，第 288 页，第 315 页，第 133 页，第 134 页，三联书店 2017 年版。

[3] 江弱水：《古典诗的现代性》，第 2 页，第 12 页，第 16 页，第 26 页，第 35 页，第 37 页，第 12 页，第 89 页，第 12 页，第 97-99 页，第 218 页，第 288 页，第 315 页，第 133 页，第 134 页，三联书店 2017 年版。

之"现代"开始走向探索之途。在中国语境中，"现代性"与几千年来的封建性相对应，因而带有启蒙大众的特点，民主与科学才是现代性的重要内涵，因此江弱水对"现代性"的理解明显存在偏颇。江弱水所发现的所谓中国古典诗的现代性，事实上是古典诗传统在现代的延续，而非古典诗中存在现代性，它们只是诗之为诗的一些质素和手法，而非独属于"现代性"范畴。所谓"现代性"，应如施蛰存所言的"现代诗"所具有的典型特征，而现代诗则是"现代人在现代生活中所感受的现代的情绪，用现代的辞藻排列成的现代的诗形"[1]，其所言的"现代人""现代生活""现代情绪""现代的辞藻""现代的诗形"才构成完整的"现代性"，而非江弱水所概括的四点特征即为"现代性"。江弱水在阐述过程中牵强地将李健吾所说的"我们的生命已然跃入一个繁复的现代；我们需要一个繁复的情思同表现"[2]中的"繁复"与语言的断裂性和互文性强行勾连。显然，"繁复"并不仅指"语言的断裂性"和"互文性"，"颓废"亦只是"繁复的情思"之一；江弱水却将之视为现代性的重要特征。因此，江弱水所发现的并非古典诗的"现代性"，而是现代诗所承继的古典传统。江弱水曾指出新诗人由于写的是现代主义诗歌，应"更倾向于从中国古典诗的现代性传统中汲取营养"[3]。新诗人确实不断从中国古典诗传统中汲取营养，这些"营养"却被江弱水当作"现代性"。江弱水早在21世纪初便指出："中国古典诗歌已经部分地具有某种历久弥新的现代性特质，而且这些特质已经内化为我们自身固有的诗学传统。"[4]他无疑亦是将"诗学传统"视为"现代性特质"。事实上是这些诗人携带现代性眼光对古典诗传统中本来存在的质素进行了新的发现，与之前被发现与公认的"古典诗传统"所具有的面貌和秩序呈现出不同之处。而且，江弱水的勾勒并不完整，他只截取南朝、唐、宋三个年代中的一些个案所呈现的特点进行分析，却将之视为整个中国古典诗的现代性传统的发展脉络，对于隋、五代、元明清等朝代的诗歌发展状况只字不提；即使是南朝、唐、宋三个时期，他亦只是选取一些个案，而非整体性阐述，难免"以偏概全"。然而，江弱水正是以这种"以偏概全"的方式重新发现古典诗词史上早已存在"现代性"这

[1] 施蛰存：《又关于本刊中的诗》，《现代》第4卷第1期，1933年11月。

[2] 刘西渭：《鱼目集》，《大公报·文艺》第126期"星期特刊"，1936年4月12日。

[3] 江弱水：《古典诗的现代性》，第2页，第12页，第16页，第26页，第35页，第37页，第12页，第89页，第12页，第97-99页，第218页，第288页，第315页，第133页，第134页，三联书店2017年版。

[4] 江弱水：《中西同步与位移——现代诗人丛论》，第7页，安徽教育出版社2003年版。

一脉传统,由此形成其对古典诗传统的新发现,继而构成古典诗传统具有"现代性"的新面貌和新秩序的理论体系。

对于"现代性"在古代的延续与发展脉络,柏桦亦有所探述。他近年来对古典诗歌尤其是唐诗进行了系统而深入的重释,其专著《日日新:我的唐诗生活与阅读》对唐诗展开系列解读,但他并非仅停留于"解读",而是携带现代性视野对唐诗进行重新阐释。如他用"这个杀手不太冷"解读陈子昂的《感遇三十八首》,用"花花公子的真性情"解读崔颢的《长干曲二首》,用"杜甫与波德莱尔的'极乐'燃烧"解读杜甫的《杜位宅守岁》,均是以现代人的眼光与志趣重释唐诗,尤其是他认为杜甫、白居易等延续了"逸乐"精神,并将杜甫视为过着烂醉生涯的极乐诗人,将白居易视为"逸乐生活的开创者"[1],其实是以现代视角发现了这些诗人及其作品中的"现代性",由此呈现出现代性在唐代的延续。柏桦对宋朝时期的吴文英颇为钟爱,他认为吴文英"堪称是最能深隐秀丽地把玩汉字的诗人",因而将其诗词称为"锦绣诗篇"[2]。柏桦对吴文英诗词的欣赏之处正是江弱水在阐述"颓废"时以大篇笔墨探述的现代性特征,可将之视为21世纪以来诗人们所发现的古典诗中的现代性在宋代的延续。

此外,王家新、孙文波、雷平阳、张执浩、霍俊明、庄晓明等诗人亦都携带现代性眼光重释古典诗词,如他们将杜甫、陶渊明、阮籍、张若虚、吴文英等诗人的诗作置放于中西文化碰撞交融的视野和新诗发展的现实状况下进行考察与阐析,无疑是对古典诗词中所潜隐的现代性的一种探寻。

(三)杜甫:"现代性"的典型代表

杜甫及其诗作在文学史上所奠定的既有形象的关键词主要为沉郁顿挫、民生疾苦、社会动荡等。而21世纪以来的一批诗人在对古典诗词之"现代性"传统的抉微钩沉中却都不约而同地将杜甫视为"现代性"的典型代表,无疑是对杜甫的重新发现。

师力斌是大力提倡重读杜甫的重要代表,其新著《杜甫与新诗》对杜甫进行全新阐释,充分肯定其"现代性"。师力斌一反既有文学史将杜甫视为格律诗人的常识,而认为杜甫是"自由诗人"。在他看来,杜甫一方面善于继承、遵守严格的

---

[1] 柏桦:《唐诗三百首》,第411页,中国长安出版社2016年版。

[2] 柏桦:《蜡灯红》,第15-16页,广西师范大学出版社2017年版。

诗歌形式；另一方面善于创新、打破诗歌的形式，而后者更甚。因而杜甫实质上是一位"先锋诗人，实验诗人，自由诗人"[1]，由此他将杜甫诗歌最突出的特点概括为"自由"，认为其无论字、句、篇章、结构、粘对、用韵等各个方面都具有自由的特点。而且，师力斌还指出自由诗的传统自古有之，而杜甫只是全面继承和发展了古诗中的自由传统，因此，在他看来，杜甫的诗兼有"极严整"和"极自由"两种特征，"绝非格律一路所能概括"[2]。由此，师力斌对杜甫诗歌阐幽发微，深入细致地发掘其"自由"特征。众所周知，"自由"是现代诗最典型的标识性特征，因而师力斌极力发掘杜甫诗中的"自由"特征，其实是将杜甫视为"现代性"的典型代表，其阐释中所呈现的"杜甫"是一个纯然"现代"的杜甫。

江弱水亦将杜甫视为"现代主义者"，甚至认为杜甫早已为里尔克、瓦雷里、艾略特等现代主义诗人"导路"。江弱水将杜甫的独语和冥想与艾略特的"冥想诗"对应，探讨了杜甫晚年之诗与西方现代主义诗歌相通相应的特点，由此他指出："抛开语言上的表面差异，我们难道不可以说，在某种意义上，一千多年前的杜甫早已为里尔克、瓦雷里、艾略特等现代主义诗人导夫先路了吗？"[3] 他发现杜甫的诗歌内倾化，常为追求感觉的真实而不理会正常的句法并常错置字词，由此他认为杜甫"是一位现代主义者"[4]。他还将杜甫与艾略特、瓦雷里进行勾连，发现他们"苦功通神"，认为杜甫的《秋兴》八首与瓦雷里的《海滨墓园》和艾略特的《四首四重奏》等现代主义名作之间存在颇为相似的特征，由此论证杜甫诗歌中的典型"现代性"。

孙文波亦认为杜甫之诗具有"现代性"，他直接指出"杜甫就是现代诗的传统"[5]，其理由在于他认为诗有诗之为诗的艺术形式和诗人对待诗歌的基本态度，而杜甫能让当代诗人看到其对待诗歌的态度并从其作品找到被需要的精神范式，因而具有"当代性""现代性"。孙文波还指出，杜甫之所以成为伟大诗人的原因在于其

[1] 师力斌：《杜甫与新诗》，第 1 页，第 4 页，第 20 页，团结出版社 2019 年版。

[2] 师力斌：《杜甫与新诗》，第 1 页，第 4 页，第 20 页，团结出版社 2019 年版。

[3] 江弱水：《古典诗的现代性》，第 2 页，第 12 页，第 16 页，第 26 页，第 35 页，第 37 页，第 12 页，第 89 页，第 12 页，第 97-99 页，第 218 页，第 288 页，第 315 页，第 133 页，第 134 页，三联书店 2017 年版。

[4] 江弱水：《古典诗的现代性》，第 2 页，第 12 页，第 16 页，第 26 页，第 35 页，第 37 页，第 12 页，第 89 页，第 12 页，第 97-99 页，第 218 页，第 288 页，第 315 页，第 133 页，第 134 页，三联书店 2017 年版。

[5] 孙文波：《杜甫就是现代诗的传统》，《诗刊》2015 年 10 月下半月刊。

已做好两方面之事，一是保持了诗歌与现实的紧密联系而且深入、有力，二是其诗歌技艺显现了语言的绝对准确性。显然，孙文波是从内容和诗歌技艺两方面论证杜甫之诗的伟大，而此正为后世每个诗人可以学习借鉴之处。由此孙文波将之视为杜甫诗歌中成熟的"现代性"甚至"当代性"的表现。

柏桦在阐述其"逸乐"观时亦将杜甫作为典型代表，以此塑造出"杜甫的新形象"。他抛开既有文学史所塑造的忠君爱国、关心民生疾苦的杜甫形象进行重新阐释，他发现杜甫"有一种极乐的自我虐待倾向"，并且"十分忘我地陶醉于自身的苦难"[1]，显然这是从未被人发现和论及的形象特征。在柏桦看来，杜甫常用酒精"达至自虐式的极乐状态"[2]，这种"极乐"状态乃柏桦"逸乐"观的典型表现，亦作为"颓废""颓加荡"的近义词而构成"现代性"的重要特征。因而，柏桦所发现的杜甫"新形象"事实上是一个"现代性"视角下的现代杜甫，他将其作为"逸乐"的典型代表无疑是在肯定其人其作品所具有的现代性。

霍俊明、王家新、雷平阳、张执浩、沈浩波等诗人则曾举办"'我们的杜甫'：同时代人与'艺术的幽灵'"的讨论，他们分别从"天地精神"（王家新）、"真实""普通的人、日常的人、具体的人"（沈浩波）、"普通庶民""日常杜甫"（张执浩）、"白发"和"白骨"（雷平阳）等方面对杜甫进行新的解读。霍俊明甚至将杜甫视为"同时代人"和"精神共时体"："杜甫并不是单线的过去时的，而是作为'同时代人'来到'当代场域'以及每一个诗人中间。"[3]这种"同时代性"无疑即为"现代性"，他重新发现了杜甫身上的"现代性"。正如宇文所安所言："每一时代都从杜诗中发现他们所要寻找的东西。"[4]21世纪以来的诗人们都从杜诗中寻找到其所要寻找的"现代性"。

显而易见，21世纪的这批诗人和学者与之前学界主张新诗继承传统的观念已迥然相异。诗歌界和学界对于新诗与传统的关系认识主要聚焦于二者之间是继承还是断裂、怎样继承、继承了哪些元素等问题。但中国新诗与古典诗传统的关系

[1] 柏桦：《杜甫的新形象》，《今天的激情：柏桦十年文选》，第176页，第183页，上海人民出版社2006年版。

[2] 柏桦：《杜甫的新形象》，《今天的激情：柏桦十年文选》，第176页，第183页，上海人民出版社2006年版。

[3] 霍俊明、王家新、雷平阳、张执浩、沈浩波：《"我们的杜甫"：同时代人与"艺术的幽灵"》，《扬子江诗刊》2020年第6期。

[4] 宇文所安：《盛唐诗》，第213页，三联书店2004年版。

实质并非"继承",事实上,每个诗人在传统中所发现的东西并不一样。他们携带现代眼光重新打量传统时所发现的"古典诗歌传统"旨在为自己的新诗创作服务,因而已形成一个新的"古典诗歌传统",更确切点,是一个"现代诗中的古典诗歌传统"。21世纪以来的诗人们所重新发现的这个古典诗传统是一个"现代性"的传统,既是为新诗"现代性"建设寻找古典渊源,同时亦构成新诗对古典诗传统的新发现。

与理论上的阐释与发现相应,诗人们将其从古典诗词中发现的"现代性"借鉴于自己的诗歌创作中,以此作为其构筑新诗现代性的路径之一。如江弱水所概括的戏谑、精致、新奇、断续、互文等"现代性"特征在21世纪以来的不少诗人笔下得以呈现,如孙文波、伊沙、胡续冬等擅长戏谑手法,张枣、盘妙彬、潘维等在诗中为追求语言的精致或新奇而对语言进行精心雕琢和打磨,沈奇、小海、朱朱、胡弦、陈先发、王寅等则热衷于用典,均以创作形成对"古典诗中的现代性"的回应。柏桦从古典诗词中发现的"逸乐"观则在其自己的诗中得到彰显,其长诗《水绘仙侣》以现代视角对明末冒辟疆与董小宛的仙侣故事展开重新阐释与想象,淋漓尽致地凸显其"逸乐"观,显然是将"逸乐"作为"古典诗的现代性"进行倡扬。黄灿然、西川、西渡、胡弦、庄晓明等都曾创作致敬杜甫或以杜甫为题的诗作,是以现代诗的形式对杜甫的"现代"精神予以诗意阐释。毋庸置疑,21世纪以来的不少诗人都在创作上对古典诗传统中的"现代性"进行诗意回应和再发现,从而建构起新诗的另一种现代性。

三、现代,抑或古典?

由上所述可知,21世纪以来的一批诗人和学者在对古典诗词进行重新阐释时发现古典诗词中早已存在"现代性"传统。值得注意的是,这种"现代性"在蒋寅的阐述中却被划归为另一幅图景,如"用典"被江弱水视为"古典诗的现代性"最为典型的四个特征之一,却被蒋寅视为中国现代诗歌中的传统因子。在江弱水看来,"互文性"是现代性要素的典型特征,他将之对应中国古典诗歌中的用典问题,由此将用典作为古典诗歌具有现代性的重要论据;而蒋寅却认为化用典故是古典诗歌的修辞技巧,现代诗歌化用典故则属于"新诗修辞中的传统因子"[1]。可见蒋寅的认识与江弱水截然相反,江弱水视为古典诗中的现代性因子却被蒋寅视为现代诗中的传统因子。由此可知,同样一种质素,在不同视野和不同阐释者的阐释中

[1] 蒋寅:《中国现代诗歌的传统因子》,《文艺理论研究》2006年第3期。

却呈现为迥然不同的两种形态。如此而言，21世纪以来的诗人和学者从古典诗词中所发现的"现代性"传统未免面目可疑。

那么，到底何谓"现代性"？对此学界一直众说纷纭、莫衷一是。"现代"属于时间指涉性概念，"现代性"则是对这个时间段特征的一种概括与描述。对"现代性"进行探讨的论著早已卷帙浩繁，最具代表性的莫过于卡林内斯库所著《现代性的五副面孔》与波德莱尔、利奥塔、福柯、弗雷德里克·R.卡尔、伊夫·瓦岱、王德威、李欧梵等关于"现代性"的系列阐述。然而，"现代性"亦与"传统"一样，虽然属于一种毋庸置疑的现实存在，却并非固定不变的实体，而属于在"诠释"中不断更新修正并言人人殊的一个概念，在不同人眼中呈现出不同面貌和秩序。而且，就目前而言，"现代"的时间域限一直在推移变迁，"现代性"的内涵与外延则无可避免地发生相应的迁移，更成为一个无法稳定其指涉的概念。中国诗人和学者对"现代性"的理解主要来自西方学界对"现代性"的阐释与界定，如江弱水便力主援用西方理论作为参照物对中国古典遗产加以考察。他严格参照卡林内斯库在《现代性的五副面孔》中所阐述的"现代性"要素对中国古典诗歌进行重新阐释，师力斌、孙文波、王家新、臧棣等亦援引西方"现代性"理论，将西方话语系统中的"现代性"横植于中国诗歌进行探讨分析。正是由于他们携带这种"现代性"眼光，其对"传统"所做的重新阐释事实上是出于自身"现代性"建设的需要所阐释出的一种"现代性"状态中的"传统"。正如臧棣借艾略特对玄学派诗人的重新阐释所指出的，艾略特"并不想写玄学诗，而是认为玄学派诗人对语言的认识可以引鉴到现代诗人对现代文明的诗艺探索中去"，因此其对玄学派诗人的重新阐释"实际上是出于诗歌表达的现代性的需要"[1]。臧棣对艾略特的认识无疑是其自身心理的折射，他所思考的正是："在现代性的状态里，传统能以怎样的面目出现？"在他看来，从现代性出发对传统所作的重新阐释"或许会对现代性的某些领域产生巨大的推动作用"[2]。其观点无疑是新诗诞生以来重释传统的诗人们所秉持的共同理念，亦是21世纪诗人和学者们重释传统的一种姿态和诉求。王家新亦指出，现代诗人受到西方文学的刺激和某种"现代性"的洗礼后回过头来重新发现传统，"这种发现本身已是'现代性'的产物或关联物"。在他看来，现代诗人回望古典诗词，觉得其"好"是因为现代诗人在受到一种"现代性"的艺术洗礼后已形成一种"现代"的艺术认知眼光，并以这种新的眼光读旧诗而读出其

[1] 臧棣：《现代性与新诗的评价》，《文艺争鸣》1998年第3期。

[2] 臧棣：《现代性与新诗的评价》，《文艺争鸣》1998年第3期。

新的"好"。由此王家新认为现代诗人都是以一种现代的方式重新发明传统，并把人们所熟识的传统陌生化了，因此他提出："一个有出息的当代诗人并不是传统的继承者，而应是传统的生产者。"[1] 陈超亦曾指出"现代性"对诗而言不应是个"价值判断词语"，而应是跨越时代囿限而一直延续的一种共通特征[2]。21 世纪以来的诗人和学者们正是携带这种"现代性"诉求从西方既有的"现代性"视野出发的，他们在重释古典诗词时所发现的传统才是一个"现代性"的传统。

对于这种发端于古代的"现代性"，杰弗里·亚历山大、费希等学者视之为"另一种现代性"。而以王建疆近年来推行的"别现代"理论看来，这种"现代性"事实上属于典型的"别现代"。"别现代"理论由王建疆于 2014 年提出，是对当下中国社会所处社会形态和历史阶段进行的一种描述与概括，主要指在当前社会形态下的一种现代形态。所谓"当前社会形态"，是指现代、前现代、后现代混合的一种状态。王建疆认为，中国从封建社会直接跨入社会主义社会，在思想观念、制度政策、行为方式等方面均尚未完全与前现代脱离便已进入现代社会，作为后发国家尚未完全实现现代化便被后现代所裹挟，因而当下中国正处于现代、后现代、前现代"交集纠结"的社会现状中[3]，是一种"不同于现代、后现代、前现代，但又同时具有现代、后现代、前现代的属性和特征的社会形态或社会发展阶段"[4]，即王建疆所命名的"别现代"。在此，王建疆以"别现代"一词涵盖了现代 / 现代性、后现代 / 后现代性、前现代 / 前现代性等交集纠葛的复杂状态，将中国社会形态的指涉混乱状态予以厘清，无疑具有话语创新性和理论前瞻性，近年来已成为学界阐释中国当下文艺的一道新"公器"。以此"别现代"理论观察中国新诗与古典诗传统的关系，无疑对解决自新诗发轫以来便缠夹不清的新诗与传统的关系问题具有不可小觑的意义与价值。事实上，中国新诗从其诞生起便一直走在"现代化"的路上，却一直未能构建真正的"现代性"，而是挪移诗人们从西方引进的"现代性"。不少诗人和学者在新诗发展初期便意识到"食洋不化"的问题，如鲁迅、梁实秋、朱自清、废名、林庚、何其芳、卞之琳等都曾敏锐意识到这个问题。时至当下，新诗发展虽已百余年，但从西方横植而来的"现代性"依然未能真正中国化，因此中国新诗话语系统中的"现代性"并非真正的中国本土"现代性"，更不是"第

[1]　王家新：《一份现代性的美丽》，《诗探索》2000 年第 1 辑。

[2]　陈超：《打开诗的漂流瓶：现代诗研究论集》，第 76 页，河北教育出版社 2003 年版。

[3]　王建疆：《别现代时期"园"的审美形态生成》，《南方文坛》2016 年第 5 期。

[4]　王建疆：《"别现代"：话语创新的背后》，《上海文化》2015 年第 12 期。

· 248

三条道路"和"北京诗派"宣称的"后现代",而是让中国新诗一直处在"现代""后现代"与"前现代"的混杂语境中。当身处这种语境中的诗人和学者重新考察古典诗传统时,他们所携带的视角事实上是"别现代"眼光,他们抉微钩沉以证明古典诗词中存在"现代性",事实上这种"现代性"既携带着西方的现代、后现代眼光和理论视角,又属于古典即前现代,可视为三者的杂糅,属于典型的"别现代"。因此,诗人和学者们所证明的"现代性"其实是一种"别现代性"。如江弱水将卡林内斯库在《现代性的五副面孔》中阐述的"颓废"、伊夫·瓦岱在《文学与现代性》中提及的"颓废派"视为现代性要素,而且由于波德莱尔、魏尔伦均为现代文学颓废主义的先锋人物,因而他主张"用波德莱尔的眼光看中国古典文学",显然是用西方的现代性眼光打量中国古典诗传统。因此他从古典诗词中发现的"古典诗的现代性",无论是在被江弱水视为滥觞的南朝还是在被其视为延续的唐朝和宋朝,所谓的"现代性"都并非真正的中国"现代性",而是他以西方现代性眼光发现的"另一种现代性",即"别现代性"。而且,虽然"颓废"是波德莱尔诗歌的重要特点,但并不能认为此即为"现代性"的标识性特征,无论在中国古代还是现代,这种倾向其实素遭质疑与否定。正如李丹指出的:"这种唯美—颓废主义的诗歌不仅远离社会生活,而且会陷入个体病态的耽溺之中,其所造成的诗歌审美偏至现象,必然是昙花一现。"[1]因此,"颓废"或许是江弱水偏爱的喜好、志趣,同时亦是他从西方借鉴移植而来未经消化的"现代性"视角,他携此重新考察中国古典诗词时便将焦点集中于南朝和唐宋诗歌的"颓废"特征上,并将其作为中国古典诗具有现代性的典型特征和重要依据,这种理论逻辑不免存在偏颇之处。故而,21世纪以来的诗人和学者所发现的古典诗词中的"现代性"事实上是一种杂糅了古典、西方现代性和后现代性的"别现代性"。与此同时,如前所提及的,21世纪以来的诗人们在其诗歌创作中对其所再发现的"古典诗中的现代性"进行实践,构筑出"另一种现代性"。但事实上,这些诗既在主题、题材和创作手法等方面呈现出一定的"现代"表征,亦通过戏谑、反讽、解构构筑出疑似"后现代"的风貌,同时亦无法挣脱前现代的古典魅惑而在古典气息与情境中徘徊,将古典、现代与后现代杂糅混夹,因而并未建构起真正的"现代性",而属于典型的"别现代性"。

毋庸置疑,21世纪以来的一批诗人和学者对古典诗词的重新阐释对古典诗传统形成了再发现,呈现出与以往古典诗学理论所勾画的"传统"不一样的新面貌和新秩序。然而,这些所谓的古典诗中的"现代性"质素只是诗人和学者携带西

---

[1] 李丹:《中国现代诗歌理论与古典资源》,第198页,商务印书馆2019年版。

方诗学视野观看古典诗词时套用西方诗歌理论并理念先行地进行阐释所强行勾连的一些关联，属于捕风捉影似的强制阐释；实际上，它们是古今中外诗歌相通的一些手法、技巧，是诗之为诗的一些基本质素，并不能强行扣上"现代"或"古典"的标签。诗人和学者们重新发现的"现代性"传统只是推动新诗发展的一种助力，正如臧棣早在世纪之交便指出的："从现代性出发对于传统所作的重新阐释，并不存在着规律性的东西。这种重新阐释或许会对现代性的某些领域产生巨大的推动作用，但不是决定现代性自身特质及其发展的根本力量。"[1] 因此，21 世纪以来的诗人和学者们从现代性出发对古典诗传统所作的新阐释及由此获得的新发现和创作实践虽然不容忽视，于新诗的继续发展或许具有一定推动作用，但同时亦存在不少局限，需要得到客观认识与评骘。新诗的"现代性"尚未完成，仍需进一步探索和发展。

（选自《文学评论》2022 年第 2 期）

---

[1]　臧棣：《现代性与新诗的评价》，《文艺争鸣》1998 年第 3 期。

灵氛氤氲中诗意的渐次绽出

——2023 年秋季诗坛观察

/ 钱文亮　黄艺兰

　　"气氛"（atmosphere）最初是一个在气象学领域被创造出来的概念，指高空大气层。18 世纪以后，该词被逐渐比喻性地运用于日常生活中。而自 1995 年德国美学家波默出版《气氛美学》一书后，"气氛"正式成为新美学的核心概念之一，指存在于人、空间或自然中某种不确定的、弥漫性的，却与审美对象紧密关联的东西。由气氛美学这一美学概念出发考察中国新诗是一种较为独特的研究角度，本季度国内诗坛上出现的不少新诗，恰因其营造出各自独特的气氛美学而引人注目。这批诗歌文本在其所创造出的空间中氤氲回响，诗意的灵光在此动态过程中渐次绽出，焕发飘忽的魅力。

一

　　气氛是在情绪的主导下形成的，而最能表征或呈现这种情绪意向的存在就是"气氛之物"。换言之，所谓"气氛之物"即在诗中最能"点燃"气氛、最具"高光点"的物象，庶几为"诗眼"所在。本季度一些诗歌通过聚焦于火焰、气体、金属、水等元素，分别酿造出灼热或冷凝、轻灵或硬朗、流动或宁静的美学气氛。

　　火焰，自普罗米修斯盗回火种照亮人类之后，便持续以其灵光的闪烁吸引着诗人们的视线。正如巴什拉所观察到的那样，当人们来到火边时，便会不自觉地注视火苗跳跃不定的身姿，并开始客观意义上的特殊遐想，而这正是诗意生成的前提。在本季度诗坛上，有些诗歌就以诗意之"火"开拓语言的边界。在孤城的《赶集》一诗中，诗人将鸟雀在荒野中的兀自盘旋比喻为火焰不断变化的形状，又以"野火"这一意象创造出独特的荒原气氛："这些年，／野火翻译出的芦苇荡，囤在沉默里。/ 浩荡有开阔的去处。"诗歌因此生成没有被规定性语言磨平的砂砾质感和某种灵性。李昀璐则赋予了火焰以金属的质地，即"刀的锋利与进退"和"铁的骨骼"，并以此宣告自身如火焰般的人生信念，也即诗人所说的"火命"（《火焰观察》）。诗人笔下的火焰也不全是热烈燃烧着的明火，有时也呈现出阴性之美。阿炉·芦根的《触火记》以彝族人的坟区为描写对象，主人公一边在脑海中推想着坟墓主人的模样，一边伸出手触摸墓碑，当他的指尖接触到石碑时，感受到了"早已腐烂、冰冷"的火，自然表达出对生命与死亡的思考。

与人类对火焰的痴迷相对应的，还有一种对光线随形变化的兴趣和沉迷。张作梗的《盲光》将看似庸常无聊的生存法则转化为保存微光的一种策略："我们容忍部分或整体地丧失自我，像萤火虫一样，挥动旷野，把黑夜和风做成一个一个细小的皱褶，以便能在其中，保存那些桀骜不驯的——/ 光的种子。"诗人对于语言的处理细腻而精湛，诗中内含的生活哲理温情而不说教，使诗的整体风格显得优雅、凝练。潘维《光线和盐》一诗构建了复杂难解的意象迷宫，末句"记忆，/ 驮来了光线和盐"，成为解读全诗的线索。记忆的结晶如三棱镜般折射出多变丰富的光彩，而诗人则尝试在记忆复杂而缤纷的光线中辨认出自己的存在。桑子的组诗《你好，丁达尔》围绕着一个颇为新鲜的写作动机，即观察"丁达尔效应"这一特殊的光学现象展开。"丁达尔效应"指的是一种光的散射现象，即当一束光线透过胶体的时候，从垂直入射光方向可以观察到胶体里出现的一条光亮的"通路"。当诗人观察到自然界的这一光学现象时，他发出顿悟般的感慨，"世界在云层的碰撞中诞生 / 光是我们身上最漫长的事物"。在美学家波默看来，物的存在就是不断走出自身，向周围的环境迈出，这便是事物的"绽出"或"显现"。桑子的诗作正体现出这样一种特质：他不将光束视为环境中固有的属性，而是自身灵魂的出窍；观察主体在凝视的同时自身也溢出光线，向四周的环境扩散，为空间定调。正是这种"绽出"让诗人得以与物展开交流，感知空间的气氛。

气体的关键词是轻盈和梦想，既可以表达人类对未知、模糊、混沌的感受，也可以用来描绘神秘、梦幻、超现实的场景。雷晓宇的组诗《细雨落在薄雾中》围绕着"雾气"这一关键词展开：雾气可以是茶杯中的微观景观，也可以是从记忆深处升腾起的对母亲的回忆。如其中的《微观记》一诗，便将茶杯上的裂纹比作闪电，又由茶杯上升腾起的热气联想到"一顷碧水之上 / 那无端升起的浩渺烟波"。与哈姆雷特称自己为"果壳里的君王"不同，诗人在一个小小的茶杯中构造出一个浩瀚的世界，道出某种东方哲理的意蕴，又不至于堕于空无和否定。本季度不少诗人都选择在一杯水中做文章，雷晓宇在茶杯中看到山河浩瀚，张小末则在独自夜饮时，从杯中看到了"大海和岛屿"，还有"一场许多年前的台风"（《夜饮记》）；而诗人老山则在茶杯中听出了月亮"孤独的重音和低音"（《月亮是一枚窃听器》），视角独特，读来也别有一番新意。如果说黑暗只是简单粗暴地将空间抹除，那么雾气作为一个纯粹的诗性能指，则为未知事物的出现创造了一个具有纵深感的三维空间。君儿的《雾中》这首诗在较短的诗行内营造出了大雾的体量感。如果说在清晰光亮的世界中一切都是有动机的，那么在一个烟雾弥漫的世界中，某些非理性之物反而会浮现。此诗正是在雾气的笼罩中，将以往熟悉的日常世界变形为通往另一个未知世界的神秘入口，带有宿命论的色彩和气氛。雾气既可以让可见的物体淡化成不可见，也可以让某些记忆从不可见中凸显出来。青年诗人朴直的《无名之雾》依靠雾气形塑出危险的气氛，母亲的疾病、个人的欲望、生活中不时闪现的陌异感，都作为一种被淡化的存在，或者作为不明确的缺席者出现，构成隐藏在雾气中某种不可名状的危险，而这也正是诗人对于自身处境的一种认知和表达。

在新诗写作的历史中，金属元素这一诗歌母题自有其脉络，海子的《亚洲铜》即为一例。在本季度诗坛上，姚辉的《杜甫》一诗虽是写"杜甫"，却独辟蹊径，通过对"铜"这一元素的使用，为此诗镀上了一层金石的质地。"沉郁顿挫"是杜甫语言风格最为经典的概括，诗人在此基础上又以"铜"为喻，准确地牵引出了杜甫诗歌语言中扭曲、警觉的特质，以及他个人如铜般遭受锈的侵蚀，却依然创造出"超越绿色/火焰与爱的文字"的品格。津渡的《金属的疲劳》一诗背后所隐含的是工程物理学知识，以金属材料的疲劳性为主题，提醒我们金属在经过锻造、拉伸、淬火、铆固、嵌合、焊接等一系列流程后，仍然具有"生锈、腐蚀、断裂、分散与崩溃"的可能。咏君的《我的体内也攒着一堆铁》语言质地坚硬冷冽，以钢铁厂工人的灵魂与锈迹斑斑的铁钉形成互文，道出"这些攒在体内的铁/终将百炼成钢"的人生信念。与金属相比，塑料这一人工化合物似乎显得廉价，显得不够厚重，却实实在在地充斥着我们的日常生活。非亚在其《哦，亲爱的管道先生》一诗中创造了被体内的塑料管道束缚住的人，他体内的塑料管道质感僵硬且"不通情理"，死死地抑制住了他哭泣、微笑、梦想等动用情感的能力。但当他想要从体内的塑料管道中逃离时，却在大部分情况下又都以失败告终。这个荒诞的角色让人不由得想到契诃夫笔下的"套中人"，只不过他的"枷锁"生长于他的体内，比外在的隔膜更难挣脱。塑料制管道的束缚成为某种现代生活境遇的隐喻。

对于液体元素（雨水、河流、海洋等）的书写作为一种经久不衰的传统母题，在本季度诗坛的部分诗人笔下依然迸发出新意。张曙光的《诗的练习曲3》施展魔术，将时间这一意象"液态化",并"再固态化",呈现出时间与生命、流动与凝固的辩证法:"时间是流动的透明体。它会凝固成/钟表、雕塑和那些老式的房屋。/也许还要包含我们自身。诸如此类。/但它们仍然会保持着流动的属性。""死亡在我们身上结痂。坚硬,像阿维拉的堡垒。/但仍然保持着流动的属性。并因/你注视的目光而获得重生。"诗中变形了的液体钟表让人不由得想起超现实主义画家达利的名画《记忆的永恒》,而正是对时间整体的持续询问、变形和思考,形成了这首诗的存在感。徐琳婕的《凝视一条河流》以体内涌动的血液和河流永不倦怠的潮汐为互文,蕴含着一股生命奔腾流动的动感。其中"这些革质事物的碎片/与我内心的小震颤,构成相似的丰富"一句,不仅以自我目光的凝视串联起身体与自然的共振,又开辟出琐碎美学的审美范畴,使外在宏观阔大的"视界"与内心世界共振,由此达到生命经验"再细腻化"的目的。这种琐碎诗学在徐琳婕的另一首《旧物记》中同样得到了另一种表达:"拼凑出的看似完整的你/也不过是满身裂隙的旧物的一种"。这两首诗中的"碎片""裂隙"与"小震颤"具有大时代所无法忍受的微观特征,然而诗人们却因此而获得对于生命本质的体认。诗人范丹花则通过对江水的长久凝视,将水面的纹路化为一条条交互错杂的"通路",由此而写下"这闪耀而生动的界面组成了一座液体迷宫"这样的诗句(《再见,澜沧江》)。

二

在阿兰·斯威伍德看来,现代性是启蒙理性、进步科学和实证主义的象征,但马泰·卡林内斯库却指出这些仅仅是现代性复杂矛盾的面孔之一,它消散、不稳定的一面同样需要得到我们的承认。而诗歌,正向我们展示了另一张隐藏在日常生活背后的混乱面孔。这类在暗处涌动的"幽传统"的隐形力量成为本季度部分诗人所感兴趣的主题,幽灵、无名者、晦暗特质、日常生活中的宇宙性,在他们的诗歌中形成了独特的气氛。

某些记忆总是因为在日常生活中被压抑,方才在不透明的诗歌象征领域中显出其魔力。蓝野的《记忆一种》即以此种模糊的记忆为题,诗人的记忆深处总是出现儿时村里曾来过一个由孩子牵着的算命瞎子的身影,但是当成年后的他向村邻们问起此事时,得到的却都是否定的回答。记忆中人事的错乱或许能用心理学上的"曼德拉效应"来做解释,即大众对历史的集体记忆与史实不符,但诗人坚持从遥远的过去呼唤出算命瞎子和绑着麻绳的孩子这些仿佛幽灵一般的存在,借此以解脱自己，或者说把自己拉入更幽深的记忆迷宫内部，因此持有了某种晦暗的记忆空间。雷平阳的长诗《夜伐与虚构》有着曼德尔什塔姆的风格，里面充满了不可思议的各种并置和分裂。诗人在书写家族内部的记忆、死亡和禁忌的同时，让玩着"寻找幽灵"游戏的孩子、挥舞着火把的魔法师、举行祭祀仪式的男人等角色交替出现，轮番登场，充斥着怪诞的、模糊不祥的和绝望的紧张情节。在布尔乔亚征服和重建这个此岸世界之后，非理性被物性的生产和理性的本质所挤压，而雷平阳以其充满诱惑性的长诗在某种意义上撞击了这个问题。

心理学家弗洛伊德曾提出过怪熟感（uncanny）这一心理学概念，指的是由于主体与客体之间的疏离感而引发的世界的变形与怪诞的氛围。主体感觉现实的东西正在转变为非现实的东西，而这就是自身的知觉世界和外部世界之间联系疏远的反映。哑石"非诗"系列中的《非诗：地遁》一诗正施展了转化空间的魔法，将地铁这一现代都市标志性的公共交通工具转化为巫术中的地遁术："按老旧眼光，现在坐地铁这事，／就是巫术中的地遁。"哑石的诗常常能够在某一瞬间突入日常生活诡异的内面，使现实经验化在超现实的重构中呈现更真实的面貌。这首诗同样如此，通过给予坐地铁这一件被日常世界漠视的事件以持续的注视，使其逐渐变形扭曲，直至爆裂出一个奇特的异度空间。加主布哈的短诗《背柴回来的男人》在其仅仅六行中制造"事件"，令人印象深刻。该诗意象奇崛，结构精巧；诗人在陈列了"瘫睡在村庄的身体上"的黄昏、"被拴在村西老梨树的一根枯枝上"的月亮、绵延不绝的火把这三个核心意象后便不再"恋战"，在结尾让诗歌突入某种空无的高处，以突如其来的"命运的困顿"袭击了"背柴回来的男人"，如闪电般瞬间照亮了世界的幽暗处。

伴随着近代天文知识的转型，对于宇宙的关注作为一种极富现代性意味的写作母题，在中国新诗的发生时期便已产生，彼时的诗坛出现了如"月的幽凉，／心的幽凉，／同化入宇宙的幽凉了"（宗白华《读冰心女士繁星诗》）等诗句。百年之后，仍然不乏诗人延续这一主题，而本季度的此类书写却增加了一种日常性与宇宙性相融合的新质。章雪霏机警风趣的组诗《星际游乐场》，即致力于在日常生活中发现诗歌，创造宇宙。诗人注意到一只在隧道中飘荡的白色塑料袋仿佛在翩翩起舞的时候，瞬间获得了一种"游客"般的目光。所谓"游客"，即动用多重身体感官、情感和动作来体验地方，包括感情及各种身体感官。这个塑料袋仿佛是一个调皮的幽灵，当诗人捕捉到这一中介时，宇宙的神秘性与趣味性也在她面前渐次绽开。当诗人注意到这一塑料袋时，原本被工作规训的身体旋即变成爱玩、精力充沛、青春洋溢的身体，而这正是诗歌的魔力："当你长久地把头埋入生活里／

抬起头，用诗歌换气／世界完成了它的分行"。此外，莱明的《撇浮沫——给林月明》一诗同样令人感到印象深刻。此诗源于一次小小的"出神"——当厨房中的诗人凝视锅中翻滚的浮沫时，发现它们呈现出油画般厚重的质地："黏稠而又绵密的雪山浮动／在滚烫的星空之上。我们驾驶着捕雪车／回到寂静辽阔的屋子——写满诗的一页纸——／这里刚下过雪，我们的眼睛／是雪泥中行进的车轮，为了看见／刚装上星光的防滑链。"由浮沫到雪山，再到星空，诗人成功地以诗意的语言深描出迷人而梦幻的"心灵—宇宙"图景，使日常变得诗意盛大。

在另一些诗人那里，卧室等家庭空间则成为他们眼中最小单位的宇宙。余幼幼的《轨道》一诗中的情景正是从两个略有矛盾、气氛略显尴尬的主客之间展开的——此时主人正好在削苹果，一不小心误伤了手指。诗人将苹果和血珠这两个意象想象为两颗分别在自转和公转的星球，从而在家庭空间中结构起了一个布满细密星轨的宇宙网络。当主人将削好的苹果递给客人时，客人躲避的目光却使得两人之间的情感轨迹成为一条"空轨道"。诗人借助宇宙性的比喻，描摹出了两人若即若离的微妙情感，也让人不由得想到人与人之间互为"孤岛"、互为"原子"的现代处境。林宗龙的组诗《怀疑者》中的几首诗都选择在卧室、餐厅和屋顶等家庭空间中展开，如《磁力片》《世界地图》和《纸飞机》这三首，但世界性乃至宇宙性的图景却在诗中渐次绽开。孩子在玩磁力片时，诗人想象着他们拼出了一颗颗星球，将餐桌上一只乱飞的小虫想象成在世界地图上漫游的旅行者，又或是将孩子扔出的纸飞机想象成穿越美洲瀑布和半岛的真正的飞机。与之类似的还有阿剑的《房间里的宇宙》，诗歌带有宗教性的色彩，通过将日常生活的轨迹与宇宙性的幻想接榫，从而获得诗意的栖居。

三

当气氛之物散发出各自特有的属性，并将周围环境逐一濡染之后，气氛的存在便需要通过感知来进行接收。从现象学看，身体是知觉的必要条件。正如梅洛-庞蒂所指出的那样，身体乃是实在世界与知觉之间必不可少的中介。气氛的感受是以知觉作为根本途径的，而出现在本季度部分诗歌中的，恰恰是身体的真实存在和在场。诗人们充分调动知觉感官，手眼协作，各自对空间、记忆、自然等事物表达出了自己的领悟。

曹僧的组诗《如何用身体认清了秩序》语调舒缓从容，又不乏内在紧张，以身体为根基，为秩序赋形，又以其自身的节奏调整着世界的速率。其中《搓绳》

一诗中的目光循着老房子的空间顺序巡梭，编织麻绳的动作令人想起关于写作、文本与"text"（编织）之间的同构关系。但诗人的隐喻并不止步于此。在曹僧看来，记忆并不是一幅按特定逻辑编织出来的麻绳挂毯，而是绳索幽灵般的轻微颤动，最终成为一缕贯穿全部空间的电磁感应连接线。这根线不妨用诗人自己在组诗中的一首诗所提到的"记忆切割磁感线"（《秘密花园》）来命名，而这几乎就是组诗中最神秘、最内在的部分，即秩序的秘密。赵晓梦的组诗《花品》直接以桃花、玉兰、海棠、牡丹、月季、苔花等花为题，看似与普通的植物主题诗歌并无二致，但特殊之处在于诗行中呼之欲出的身体性。无论是"桃花从身体里醒来"，还是"透明的身体"，都描绘着行动着的人的身体，这使得植物诗歌不再是一种静态的书写，植物也不再是被凝视的客体，而是具有主动性和肉身性的存在。诗人们以感官与身体彼此协作，创造出人与物之间的和谐，所谓"体物入微"正是如此。

在媒介考古学的研究范式内，"手"是一个尤其值得关注的感知装置，意味着人与物之间最直接的链接。周雪莉的《一张照片》描述了在手机这一媒介终端上观看图像的经验，并关注到观看电子照片与过去观看纸质照片的最大区别在于，需要靠手指的点击动作来激活图像，"手指点击时积蓄的勇气／将纷纷的记忆混入酸枣仁柏子仁"。这批照片所表现的重点也并不是镜头前的外在景观，而是图像背后的记忆。本雅明在论摄影时指出，早期的摄影艺术具有某种"灵氛"或"灵光"。电子照片并没有像我们通常所担心的那样消失，依然可以唤起最亲密的记忆，甚至带有当时特殊的香气。弃子的《自你手中》一诗角度独特，描写了钓鱼的人手中对于尼龙线十分敏感的感受。下沉、触礁、浮动、收回……一切过程在钓鱼者的"手"上有了具体的结果，而诗歌正是在这种细微的波动中增加着张力。曹昌银的《写给手》以劳动人民的手为描写对象，将其比喻为"打开又紧握的蝴蝶"，又将手茧比喻为"五指山上的黄金"，情感质朴，带有少见的扎实和直白。柳小七的组诗《爱的真理》同样践行了"肯定的诗学"，为我们提供了情感充沛的诗句，如"删繁就简地站在你面前／做一只在寂静夜里低沉的时钟"（《献出》），又如"我们躺在大地上／大声宣布：爱是唯一的真理"（《祷告》），读来使人有心中境界陡然开阔之感。"爱"是这组诗中调动一切词语、事物和情感的内在律令，诗中没有破碎扭曲的情感，有的只是满溢其间的言之凿凿和信誓旦旦，以及对未来充满自信的召唤。

不独手如此，诗歌中的"眼睛"与表现者的关系同样十分密切，无意识地表现出了诗人看待他们与世界之间的关系的方式。"凝视"即以固定的视点瞄准某一物，作为极具聚焦性的视觉模式，成为诗意最有可能发生的原点性动作之一。黄斌的《形而上的凝视》一诗中的视觉形式既是具象的，又是抽象的，"是一种模糊宽阔的笼罩　甚或气息"。这种形而上学的凝视尽管无形，也不对外界做出具体反应，但是极具穿透性，令人想到"上帝之眼"之类超验般的存在。正是这种形而上学的凝视带来了对更高远事物的体认，以及抵达诗歌之国的路径："那年我二十七岁 / 发光的天空中我看到了一条路 / 我把自己交给了太阳 / 把自己的心给自己看"（沙冒智化《月亮扣在烟囱上》）。这是一种向无穷光明、无穷坦荡的远方眺望的书写，同时也是一种将生命沉浸到诗歌写作中去的决心。

　　不同于专注一物的凝视，在中国古代传统中还有一种与之相对的观看方式，即"睨"或"斜睨"，即斜着眼睛看。相比于形而上学的凝视，"睨"更接近于布列逊等人所定义的"散视"，也暗示了眼球甚至身体的运动。倪宝元在其组诗《在夜的脊背上流浪》中宣布，"凝望是最好的方式"。但诗人的"凝望"并没有止步于"凝望"，而是流连于夜的空间之内，一片由风、月光、声音等情景与瞬间构成的复杂风景——其目光并不在前面诗句中描绘的任何一个画面中停留，而是选择在夜色中进行无尽的流浪。由此，"失眠的往事，在夜的脊背上流浪 / 不能抵达的幽暗之处 / 一些事物开始独自生长"。臧棣的组诗《花灯观止》是一首从观看进入存在的诗。全诗以"观"为诗眼，其中不少作品都固执地表现了"点""眼""孔"这一类具有视觉凝聚性的词，如"金黄的背影早已被飞鸟缩小成 / 无数的小麻点"（《稻草》）；"能认出良夜，/ 也算没看错一个出发点"（《良夜》）；"正如此刻，/ 巨大的夜晚不过是我的针眼"（《我的针眼》）；"冬日收紧了北方，/ 但你看不见那些网眼"（《骑桶人协会》）；"两只箭，/ 沿着同一个洞孔，穿过靶心，/ 将无限的爱欲缩短在 / 有限的表情中"（《爱者入门》）。这些散落在诗中的焦点，无论是麻点、出发点、针眼、网眼，还是洞孔或靶心，都具有聚焦视线的能量，能够将自然界浓缩为一个独特且复杂的精神图景。然而，这组诗中另外的诸如"钟声源于内心的回音""百合花是用来分神的"之类情绪舒缓的句子，又巧妙地缓解了凝聚性视觉带来的肌肉紧张。由此，整组诗在凝聚和发散中保持着微妙的平衡，一如生命的张弛有度。在凝视与散视相结合的逻辑中，臧棣笔下的观者并未被缩减为悬置的单眼，而是具有了更为流动和开放的感知，开拓了诗歌的内在空间。

　　另一部分诗歌乃是在透过天真之眼观察外部世界，以其灵性的知觉为事物赋形。康承佳的《眼睛》以五岁女童的"天真之眼"为描写对象，由于不带有任何先入为主的偏见，因此"她"的眼睛不管看什么，"都带着命运赋予她的闪烁"。周所同的《海天赋》虽然以"赋"为题，如"海蓝它的云白它的""天空下雨也是下雪"等诗句的语言和形式却简单到似乎不讲道理，尤其是举重若轻的末句，"鸥鸟与白云都在蓝里晒盐"，把整首诗的节奏、意象和松弛感都推向顶点，由此形成一种"繁"与"简"之间微妙的张力与反差。本季度的另一组诗，李炯一的《幻想曲》一诗也有着类似的直觉性，令人想到非非口语诗的语言实践。诸如"我的窗户外面有一棵树 / 被光照亮的叶子 / 更绿 / 更金黄""一片树叶跳动的时候我看见风 / 在小鸟之间过去"之类的诗句，意境澄澈、取向光明，而这光亮宽阔的世界正源于诗人充满温暖的眼睛。

此外，春野的《眼神的站口》以"眼神"作为一种装置，诗中频现"大海的眼神""像惶恐月儿般的眼神""眼神的碎片滴着雨泣"等诗句都是在宇宙中不安定地浮动着的存在，是没有着落点的特殊视点。通过这种视觉的装置，诗人企图观看日常生活平静外表下的破碎之处，给读者带来一种始料不及的极其细腻的情感和轻微的神经末梢的疼痛，以及破碎美在迷雾中的显现。另有姚辉的《纸》，讲述了纸张从具有神性的物质，逐渐成为意识形态的中介的变化过程，以孩子们天真的眼睛表述了控诉，完成了对于历史和现实的反思。

四

诗人周瑟瑟称，他在本季度《我们的土地》《人声鼎沸》等诗中所希望构筑起来的，是一种名为"诗歌人类学"的诗歌写作范式，强调地方语言的运用和诗歌的实践性，将民俗学和人类学的视野纳入诗歌写作范围之内。周庆荣的《古戏》更是直截了当地宣称："地方主义的风俗，皆进入美学的视野。"民俗学和人类学既是一个来自专业学科的概念，也是一种特别的诗歌视角。近期臧棣的组诗《诗歌人类学简史》和李元胜的《关于人类学……》、琪轩的《河北古村纪行》等都可视为这方面的尝试，而本季度一批诗人的创作也展现出了丰富的人类学和民俗学的视野。

杨碧薇的《在泰顺看木偶戏》以女性的视角观看《白蛇传》"牵丝线"，虽然全诗以"女诗人"为第一人称，但诗中的"素贞，紫衣，女诗人 / 是一块蒙尘的三棱镜 / 映着幽光，折射出同一事物的三种形态"，乃是一种"把自己作为方法"的方法，即强调通过自己的经验来应对世界。换言之，杨碧薇从来不只是为当代女性诗歌抛出一个"受困"的主体，而是通过自身的经验、具象的生活来应对普遍的处境。宋琳的《溜索人》描写云南怒族的溜索习俗，并加注解释："溜梆，又称溜板，江河之上，将钢丝索固定于两岸大树、木桩或石崖上，辅助人沿着钢丝索从空中滑过。"诗中背着货物的妇人划过江面时的英姿飒爽，与观看者心惊胆战的心理活动形成了鲜明的对比。末尾诗人伸手触摸钢索时感知到的温度，既是摩擦生热所导致的温度升高，也是生命迸发出的原始热力："我伸手去摸钢丝索，它滚烫得像 / 从淬火的水里夹出锻铁的火钳。"河南汝州以瓷器闻名，高春林的《瓷牡丹》便是以汝瓷上的牡丹花样为鉴赏对象。诗中不乏"要开多久有多久""清凉也是清亮"一类直白简单却具有温润感的词句，使得诗歌始终被包裹在一种安静细腻的氛围中，泛出如瓷器般气韵生动的微光。安琪的《浦城剪纸——给周冬梅》描写了在剪纸民俗店中所见到的"一张纸的魔术"，以诗歌的语言对剪纸艺术表达了赞美。

"梦幻"是东方叙事传统的特征之一，从《山海经》到魏晋志怪，再到唐宋传奇，始终有一个草蛇灰线的梦幻传统，而这些文本也是当代诗歌写作资源的一部分。谷禾的《蝴蝶标本》对一个已经逝去的生命进行凝视和遐想，书写文化意义上的蝴蝶、民俗意义上的蝴蝶、哲学意义上的蝴蝶、宇宙意义上的蝴蝶等多种维度，如沉积岩般重重叠合在薄薄的标本上。诗人还调动了中国民间牛郎织女传说的资源，以及国外的青蛙新娘等民间故事，又由蝴蝶的花纹联想到人类的傩面博物馆，将蝴蝶的翅面想象为破解宇宙最终极秘密的谜面。宋琳的《给反对屈原者》可以视为其此前《〈山海经〉传》等神话"大诗"类创作延长线上的一环，弥漫着史诗的气息。诗人借助其敏锐的历史感知力为屈原招魂、鸣不平，将其以死亡为代价的原始力量带入诗歌写作。与此同时，诗人对屈原的形象塑造也极具当下性，代表了古典精神的当代转化。

此外，本季度还有一部分诗作，集中地体现出对"童年"的兴趣与向往。余洁玉的诗从1990年代的镇中心学校操场上出发，回忆儿时夜里观看露天电影的情境，并因现如今放映员的消失而感到失落（《露天电影院》）。但诗人并未一味地沉浸于感伤之中，正如诗中所说的那样，尽管"故乡的旧桥被拆了 / 如同人生出现的一段断口"，但是河面却因旧桥的被拆而更显开阔（《断口》）。对"童年"的追慕成为不少诗人暂时摆脱精神困境的重要途径。卢山《忆故人》一诗源于一次记忆的突袭，即乘列车在经过故地时突然想起初恋对象。然而对初恋的记忆很快就从美好转为庸俗乃至可怖："这些记忆如胎记还在纠缠着我 / 关节炎一般还在骨头里撕咬着我"。诗人的灵魂在往记忆深处"探本溯源"，然而这种探索带有悲剧的尖锐和疼痛。结句处一辆飞驰而过的列车直接"碾碎青春纪念册上尖叫的月光"，使得诗作内部呈现出奇异的撕裂感。曹东的《借世避雨》梦到自己身上"活着一只童年时代的虱子，藏在皮肤皱褶里"，借此古怪的梦境召唤记忆。黄梵的《耳鸣》则以萦绕在耳边的儿时的锣鼓声、隆隆雷声、音乐声、海浪声等声响，从童年的视角和经验中提取出哲学的辩证法。徐俊国的《男子汉：致飞鸟与飞机》质地均匀，声音沉静，既具有一种隐忍的气息，也不乏想象奇异的诗句，如"我站在铁线莲上尖叫，／天空掉下羽毛和铁锈"等，更以辩证的思路提供了飞鸟和飞机两种重要意象，分别隐喻艺术和现实、生活与生存两种价值观念，借助哲理的方式揭示了人类命运中普遍的两难处境，"这个还没长大的男子汉／体内翻滚着两种人生：／飞鸟与飞机"。

结语

以气氛美学的视角切入本季度诗歌的，既是在接榫过去新诗批评界已有的元素化合研究等范式，也是在释放新的批评潜力。本季度的诗歌除了释放纷繁世相中的元素之力，也对灵魂和宇宙、手与眼等主题进行了丰富的想象与书写，更出现了一批以人类学和民俗学为创作资源的诗歌。但遗憾的是目前部分诗人的创作仍囿于波德莱尔《恶之花》所定下的现代主义传统，尽管对生活内面有着充分的开掘，却呈现出破碎、黑暗、低迷的气质。在迷雾重重的当代生活中，诗歌写作如何超越碎片化的生活，抵抗时代的贫乏和卑琐，看到更具整体性的世界，进而重建生活的意志与意义，依然是诗人需要思考的。

（上海大学 中国当代诗歌研究中心）

※ 本文资料来源主要为 2023 年 7—9 月的国内诗歌刊物，包括《江南诗》《诗刊》《星星诗刊》《扬子江诗刊》《诗林》《诗潮》《诗歌月刊》，以及综合性文学刊物《人民文学》《十月》《作家》《山花》《作品》《上海文学》等。除了作者姓名、诗题，诗作发表刊物与期数不再一一注明。

图书在版编目（CIP）数据

诗收获. 2023 年. 冬之卷 / 雷平阳，李少君主编
. -- 武汉：长江文艺出版社，2024.2
ISBN 978-7-5702-3499-8

Ⅰ. ①诗… Ⅱ. ①雷… ②李… Ⅲ. ①诗集－中国－
当代 Ⅳ. ①I227

中国国家版本馆 CIP 数据核字(2024)第 046820 号

策　　划：沉　河
责任编辑：王成晨　　　　　　　　责任校对：毛季慧
封面设计：祁泽娟　　　　　　　　责任印制：邱　莉　　王光兴
封面插图：刘　芳　　　　　　　　内文插图：刘　芳

出版：长江出版传媒　长江文艺出版社

地址：武汉市雄楚大街 268 号　　　　邮编：430070
发行：长江文艺出版社
http://www.cjlap.com
印刷：武汉市籍缘印刷厂

开本：720 毫米×1020 毫米　　　1/16　　　印张：17
版次：2024 年 2 月第 1 版　　　　　2024 年 2 月第 1 次印刷
行数：6703 行

定价：58.00 元